주먹 쥐고

◇◇◇◇◇◇

일어서

주먹 쥐고 일어서

서해문집 청소년문학 021

초판 1쇄 인쇄 2022년 10월 1일
초판 1쇄 발행 2022년 10월 5일

지은이   최고봉 정명섭 박경희 권오준
펴낸이   이영선
책임편집   김종훈

편집   이일규 김선정 김문정 김종훈 이민재 김영아 이현정 차소영
디자인   김회량 위수연
독자본부   김일신 정혜영 김연수 김민수 박정래 손미경 김동욱

펴낸곳 서해문집 | 출판등록 1989년 3월 16일(제406-2005-000047호)
주소 경기도 파주시 광인사길 217(파주출판도시)
전화 (031)955-7470 | 팩스 (031)955-7469
홈페이지 www.booksea.co.kr | 이메일 shmj21@hanmail.net

서해문집
청소년문학
014

주먹 쥐고

일어서

최고봉

정명섭

박경희

권오준

서해문집

그날의 소리

최고봉

봄이라고 하지만 해 질 무렵 공기는 쌀쌀했다. 집마다 밥 짓는 연기가 올라오는 시각. 남규는 원성군 귀래면 운남리 시장 근처를 부지런히 걷고 있었다. 이제 일주일 뒤면 대통령과 부통령 선거가 있어 요즈음 눈코 뜰 새가 없었다. 남규는 자유당만 상대하는 것이 아니었다. 집권 자유당과 공무원, 경찰은 한편이어서 이번 선거운동도 쉽지 않았다. 공무원이고 경찰이고 간에 민주당 쪽 선거운동은 온갖 트집을 잡아 방해하는 데 혈안이 되어 있었다. 관권선거에 가뜩이나 선거운동이 어려운데, 대통령 후보의 갑작스러운 죽음으로 상황이 더 나빠졌다. 지난 1956년에 열린 정·부통령 선거에서도 대통령 후보로 나선 신익희 선생이 선거운동 중에 기차 안에서 갑자기 사망하는 일도 있었다. 이번에는 대통령 후보로 나선 조병옥이 지난달에 사망했다. 후보 등록까지 마친 조병옥이 갑작스럽게 병을 얻어 미국의 월터리드육군병원까지 갔지만 정·부통령 선거를 한 달 앞두고 심장마비로 사망했다는 소식이 전해졌다. 이제는 방법이 없었다. 민주당으로서는 온 힘을 다해 부통령 선거에 집중해야 했다. 지난번 선거처럼 기적적으로 장면 후보가 부통령에 당선되는 일도 불가능한 건 아니었다.

이승만 정부는 공무원을 동원해 관권선거를 치르고 있었다. 원주에서도 면별로 공무원들이 매주 한 차례 모여 이번 선거에서 이승만, 이기붕이 얼마나 표를 얻을 수 있는지 점검했다. 경찰과 공무원은 구 진보당원, 족청계 인사 등은 물론 언론인과 월북자 가족, 투·개표구 선거위원 등을 찾아가 위협하기도 했다. 얼마 전에는 이승만 정부가 마련한 부정선거 방법이 드러나 언론에 폭로된 일도 있었다. 4할 사전 투표, 3인조·5인조 공개투표를 하고 투표소 근처에 자유당 완장을 찬 사람들을 배치해 심리적 압박을 하는 계획도 있었다. 무엇보다 야당 참관인을 매수하거나 축출하는 계획도 있었다. 이런 소식이 전해지면서 이곳저곳에서 불만이 고조되었다.

하지만 투표일이 가까워질수록 상황도 나빠졌다. 남규는 마지막으로 친구 집 몇 곳을 돌고 집으로 길을 잡았다. 회중시계를 보니 밤 9시가 넘은 시각이었다. 부지런히 길을 재촉해도 한밤중에야 집에 도착할 수 있을 것 같았다. 요즈음 매일같이 이런 생활을 하고 있지만, 부쩍 힘에 부치는 느낌이었다. 그가 담당하는 귀래면 지역은 인구가 많지 않았지만, 골골이 마을이 있어 챙겨야 하는 범위가 넓었다.

시장을 지나던 남규는 수상한 분위기를 느꼈다. 누군가 자신을 엿보는 느낌이었다. 남규는 사람이 있는 듯한 골목을 피해 발걸음을 재촉했다. 남규의 눈에 시장에서 멀지 않은 곳에서 순경 차림을 한 사람이 손전등으로 신호를 하는 것이 보였다. 야간 통행금지 위반을 단속하기에는 조금 이른 시각이었다.

"누구요?"

"어이, 박남규."

남규는 이 한밤중에도 자신의 이름을 부르는 경찰을 보고 좋지 않은 일이 생길 것을 예감했다. 하지만 여기서 약해질 수는 없었다.

"이건 또 무슨 밤손님이야?"

그때 손전등을 든 순경 뒤에 또 다른 사람이 있었다. 금세 건장한 남자 둘이 그의 앞을 가로막았다. 남규는 뒷걸음질을 치며 지나온 시장 쪽으로 뛰기 시작했다. 시장 골목길에도 몇몇이 숨어 있었다. 괴한들은 돌과 곤봉을 들고 남규에게 달려들었다. 남규는 본능적으로 머리를 감쌌지만, 구타를 피할 수는 없었다. 남규는 피를 흘리며 정신이 혼미해졌다.

정수는 저녁으로 뭘 잘못 먹었는지 배가 살살 아파 인상을 찡그렸다. 시계를 보니 밤 10시가 조금 넘은 시각이었다. 밤이 늦어 뒷간에 혼자 가면 무서운데, 가지 않을 수 없는 상황이었다.

"어디 아프냐?"

배를 문지르는 정수를 보고 어머니가 걱정스럽게 물었다.

"뭘 잘못 먹은 것 같아요. 저 뒷간 좀…."

정수는 종이를 들고 급히 뒷간으로 향했다. 별로 먹은 것도 없는데 배탈이 난 모양이었다. 시원하게 볼일을 보고 나서야 배가 진정되는 느낌이었다. 종이를 비벼 뒤처리를 하고 뒷간을 나와 방으로 들어서려는데 집 밖 어디에선가 신음이 들리는 것 같았다.

"거기 누구 계세요?"

정수는 대문 쪽으로 몸을 틀고 고개를 내밀며 말했다. 잠시 기다렸지만, 소리가 없었다. 아무도 없는 것 같아 다시 방으로 들어가려 할 때였다. 많이 다친 듯 기어 오는 사람의 모습이 보였다. 아무래도 방금 들은 신음을 낸 건 바로 그 사람이었던 것 같았다. 한밤중에 문밖에서 쓰러져 있는 사람을 본 정수는 안색이 창백해져 안방 쪽으로 소리를 질렀다.

"아버지, 아버지. 밖에 누가 쓰러져 있어요."

놀란 아버지가 방문을 급하게 열고 밖으로 뛰쳐나왔다. 다른 식구들도 마루로 나와 무슨 일인지 살폈다.

"머리에서 피가 흘러요. 많이 다쳤나 봐요."

정수는 발을 동동 구르다가 아버지와 함께 집 밖으로 향했다. 아버지와 형이 다친 사람을 방 안으로 업어 날랐다. 머리가 찢어져 피를 많이 흘렸고, 옷에는 신발 자국이 선명했다. 누군가에게 구타당한 것이 분명했다. 이 시골에서 저렇게 무지막지하게 구타하는 경우는 별로 없었다. 그것도 한밤중에 말이다.

"아이코, 어쩌다 이런 변을 당했나."

"아버지, 괜찮을까요?"

정수는 걱정스러운 눈빛으로 아버지를 바라봤다. 통금 시간이라 지금은 의원에 갈 수도 없었다. 그리고 지금 가 봐야 의원을 데리고 올 수도 없는 노릇이었다. 무엇보다 저 사람의 정체를 모르는데, 섣불리 움직일 수 없었다. 북에서 온 간첩이 많다는데, 정수는 이 사람도 그런 것이 아닌지 불안했다. 그때 사람을 살피던 정수 어머니가 뭔가 떠올랐다는 듯 말했다.

"정수 아버지, 이 사람 남규 아닙니까?"

"남규? 책방 하던 아재 아들내미 말인가?"

정수 아버지는 어쩐지 낯이 익다 싶었다. 안골에 사는 박 씨는 처가로 먼 인척 아재다. 다른 마을에 살았지만, 오다가다 몇 번은 마주쳤을 인연이었다. 정수네는 책방에 가서 책을 살 형편은 아니었지만, 사람 똑똑하다고 소문이 났던 그

집이었다. 한국전쟁 때 좌익으로 몰려 고초를 겪어 요즈음은 집 밖 출입을 잘하지 않는다는 이야기를 들었다. 그런데 오늘 그 박씨 아들이 피투성이가 되어 여기 있는 것이었다. 정수 아버지의 머리에 뭔가 좋은 일은 아닐 것 같은 예감이 스쳐 지나갔다. 통금이 풀리면 의원을 부르러 가야 하겠지만 조용히, 최대한 조용히 다녀와야 할 것 같았다.

제4대 대통령과 제5대 부통령을 뽑는 투표를 이틀 앞둔 3월 13일. 학교로 향하는 길은 여느 날과 다르지 않았다. 그날은 일요일이었는데, 학생들은 등교해야만 했다. 그날 있을 야당 유세에 학생들이 참여하지 못하게 하려는 꼼수였다. 모레가 선거일인데, 믿기 어려운 부정선거 이야기가 다 나왔다. 세 명이 같이 투표소에 들어가서 투표를 하라는 이야기도 나왔다. 정수네 아버지도 이웃과 한 조로 묶였다. 누구를 찍었는지 서로 확인해서 보고하라는 이장의 이야기도 있었다. 자유당 후보가 아닌 사람을 찍고 싶어도 그럴 수 없었다. 자칫 잘못하면 빨갱이로 몰려 경찰서에 붙들려 가야 하는 상황이었기 때문이다.

오전 수업이 한창이던 순간, 교정에 스피커 소리가 갑자기 울려 퍼졌다.

"이승만 박사를 대통령으로!"

"이기붕 선생을 부통령으로!"

"이번에는 속지 말고 바로 뽑자 부통령!"

조용하던 원주농업고등학교 운동장이 갑자기 선거 구호로 가득했다. 자유당 쪽 선거 유세 차량이 운동장에서 시끄러운 소리를 내고 있었다. 누군가 마을 쪽으로 고성능 스피커로 선거 유세를 시작했다. 이승만, 이기붕을 뽑아야 한다며 특히 이기붕을 부통령으로 당선시키자는 내용이었다. 이틀 뒤면 투표일이라 선거 유세가 한창이기는 했지만, 이렇게 학교 운동장까지 선거 유세 차량이 들어온 적은 없었다. 그런데 이번에는 자유당 측 선거운동원들이 학교 운동장까지 돌면서 수업까지 방해했다. 누가 봐도 명백한 불법선거운동이었다.

무슨 소리인지 궁금했던 학생들이 창문 쪽으로 몰려들었다. 교사도 창문으로 선거 유세 장면을 확인했다. 소리가 점점 더 커질 무렵, 교실 안 누군가 짜증 섞인 목소리를 터트렸다. 학생운영위원장인 재춘이었다.

"아이 씨, 이거 뭐 하는 짓이야!"

재춘이 눈살을 찌푸리며 소리를 지르자 선생님이 자리에 돌아가 앉으라 지시했다. 학생들은 어쩔 수 없이 창가에서 떨어져 자리로 돌아갔지만, 떨떠름한 표정을 지우지 않았다. 잡지 《사상계》나 신문을 읽으며 세상 돌아가는 눈을 키우던 재춘에게 이 상황은 어이가 없었다. 하지만 선생님은 동요하는 학생들을 다독였다. 하긴, 교사라고 이 상황에 불만을 표

그날의 소리

015

해 봤자 해결될 건 없었다. 오히려 경찰이나 관공서에서 싫은 소리나 듣기 일쑤였다.

"자, 자. 수업하자."

선생님은 목소리를 가다듬고 수업을 다시 시작했다. 교직원 몇 명이 운동장으로 나가서 유세차에 탄 사람과 이야기하는 모습이 보였다. 자유당 관계자로 보이는 사람이 교직원에게 손가락질하며 소리를 질렀다. 그러자 교직원은 금방 자리를 뜨고 말았다.

재춘도 수업에 집중하려 했지만, 며칠 전 습격 사건이 머리에서 떠나지 않았다. 집 앞에 쓰러져 있던 민주당 선거운동원은 겨우 목숨을 건졌다. 동생인 정수가 때마침 볼일을 보러 뒷간에 가지 않았더라면 어찌 되었을지 모를 일이었다. 지난 2월 28일에 대구 시내 고등학생들이 부정선거를 규탄하는 시위를 벌였다는 소문을 들었다. 신문에는 그런 소식이 나오지 않았지만, 돌고 돌아 들려온 소식이었다. 야당 유세에 학생들이 가지 못하도록 일요일에 등교하게 한 것이 불만에 불을 붙였다고 했다. 3월에는 전주, 서울, 대전 등에서 시위가 벌어졌다. 3월 10일에는 원주에서 가까운 충주에서 시위를 벌였다는 소식이 오가는 사람들을 통해 퍼졌다.

수업은 계속됐지만, 선거 유세 소리는 잦아들지 않았다. 수업이 머리에 들어오지 않던 재춘은 연필로 무언가를 끄적였다. 재춘의 머리 뒤로 자유당 선거 유세 소리가 메아리처럼 들려왔다.

　야습을 당한 남규는 원주 시내 의원에 입원했다. 의사는
다행히 급소는 피해 생명에는 지장이 없지만, 며칠 입원해서
경과를 살펴보자고 했다. 집안 아재뻘인 남규의 피습 소식을
전해 들은 재춘은 꽤나 놀랐다. 재춘은 남규네 집안이 운영
했던 책방을 자주 드나들어 친분이 있었다. 오히려 부모님보
다 재춘이 남규와 더 잘 아는 사이였다. 다행히 남규가 입원
한 의원은 재춘네 방에서 멀지 않았다. 의원 복도에는 사복
을 입은 사람 몇이 시시껄렁한 이야기를 나누며 출입하는 사
람들을 지켜보고 있었다. 한눈에 봐도 그들은 경찰이었다.
　재춘은 남규가 입원한 2층 병실 문을 조심스럽게 열었다.
네 명이 쓰는 입원실이었는데, 어떤 이유에선지 남규 혼자
침대에 누워 있었다.
　"아재, 재춘입니다. 밤에 누군가에게 당했다더니. 괜찮아
요?"
　"이게 누구야. 재춘이구나. 온몸이 쑤시지만, 죽지는 않을
정도다."
　남규는 재춘을 반갑게 맞으며 자리에서 일어나 앉았다. 머
리에 붕대를 감고 왼팔에 깁스를 한 남규의 상태는 썩 좋아
보이진 않았다.
　"아재, 그래도 이만하니 다행입니다."

"그러게. 그동안 너무 무리했으니 쉬라는 뜻인가 봐."

남규가 깁스한 팔을 들어 보이며 씩 웃었다.

"누가 이런 짓을 했대요?"

"한밤중이라 알 수 있나. 자유당 놈들이겠지. 순경도 한 명 있었고."

"진짜 너무하네요."

재춘이 혀를 차며 이야기했다. 그리고 오늘 낮에 학교에서 있었던 일을 떠올리며 말을 꺼냈다.

"안 그래도 오늘 우리 학교 운동장에도 자유당 놈들 유세차가 들어와 난리를 쳤지 뭐예요."

"뭐, 학교 안까지 들어갔단 말이야?"

"오늘 민주당 유세가 있다고 고등학생들을 다 등교시키더니 기어코 일이 터졌어요. 우리 학교가 시내 한복판에 있으니 유세하려고 차량이 들어온 거지요 뭐. 그래도 그렇지, 자유당 놈들은 법이고 뭐고 안 지킬 모양이에요."

재춘의 이야기에 남규도 혀를 찼다. 이승만 정권과 자유당은 이제 대놓고 그런 짓까지 벌이고 있었다. 야당 선거운동은 노골적으로 방해를 받고 있었다. 공무원, 경찰은 물론 교사도 여당 선거운동에 동원되는 형편이었다.

"내 꼴을 봐라. 그놈들한테 공명선거나 준법 같은 게 어디 있겠어."

요즈음 공무원이 집마다 방문해서 자유당 후보를 찍으라

고 선거운동을 하는 것은 예사였다. 야당 선거운동원 습격에 유세 방해도 심심치 않게 벌어졌다. 그야말로 공명선거도, 준법도 무너진 지 오래였다. 그때 재춘의 머리를 스치고 지나가는 생각이 있었다.

"맞다, 아재. 대구에서 시위 있었다는 이야기 들었어요?"

"그래, 안 그래도 그 소식 듣고 놀랐다. 부정선거에 항의하는 고등학생 시위가 있었다며?"

"지난 2월 28일에 대구 시내 여덟 개 학교에서 1000명이 넘게 참여했다네요."

"자유당 놈들, 학교 쉬는 일요일에 강제로 등교시켜 뭐 하자는 건지…."

"학교가 무슨 힘이 있겠어요. 정부가 일요일에도 문을 열라면 여는 거지요."

재춘은 쓸쓸한 웃음을 지어 보였다.

"자유당과 경찰은 또 그놈의 빨갱이 타령을 했겠구먼."

아니나 다를까, 경찰은 이 시위가 공산당의 사주로 일어난 것이라며 '학생들이 북한에 이용당하고 있다'고 주장했다. 하지만 부정선거 추방을 내건 시위의 불길은 이미 다른 지역으로 확산되고 있었다. 손바닥으로 하늘을 가릴 수는 없는 상황이었다.

"그래 너희 학교는 어때. 자유당 유세차가 학교 운동장까지 들어왔으면 분위기가 좋지는 않을 텐데 말이야."

그 날 의 소 리

"분위기가 좋을 일 있겠어요? 유세차가 학교 운동장에 들어와서 유세하는 일은 상상도 못 했는데."

남규는 재춘네 학교 분위기가 궁금해졌다. 예상대로 학생들이 많이 당황한 것 같았다. 원주 곳곳에서도 부정선거가 자행되고 있었다. 남규가 애를 쓴다고 막을 수 있는 부정선거가 아니었다. 몇 마디 더 이야기를 나누던 재춘은 작별 인사를 하고 의원을 나섰다. 복도를 지키던 사복 경찰이 재춘을 노려보는 눈길이 느껴졌다. 재춘은 아무 일도 아니라는 듯 당당하게 의원을 나섰다. 이런 때일수록 당당해야 의심받지 않기 때문에.

"할머니, 저 학교 다녀올게요."

"도시락은 잘 챙겼지?"

재춘이 할머니께 도시락을 들어 보이며 자취방을 나섰다. 재춘의 자취방은 학교에서 조금 떨어져 있었다. 학교 근처 자취방은 세가 비쌌기 때문이다. 집이 귀래면인 재춘과 정수는 원주 시내에 있는 학교에 다녔다. 재춘이 유학을 떠나면서 그편에 정수도 시내 학교로 옮겼다. 평소에는 원주 읍내에 있다가 한 달에 한두 번 정도 집이 있는 귀래면에 다녀오곤 했다.

재춘과 정수 형제를 뒷바라지하기 위해 할머니가 읍내로 따라왔다. 재춘과 정수가 집을 나서면 할머니는 집 청소를 하고 텃밭을 가꾸며 하루를 보냈다. 한창 먹을 형제를 먹일 반찬도 준비했다. 재춘과 정수에게 할머니는 어머니 대신이었다. 재춘은 어쩐지 오늘 할머니의 도시락을 받아들기 미안했다. 오늘 제때 돌아오지 못할 것 같은 예감도 들었다.

투표가 하루 남은 날 아침. 전날 자유당 유세차가 학교 운동장까지 진입했던 사건 때문에 학교 분위기는 흉흉했다. 교사들도 전날 사건이 학생들을 자극할까 우려를 해 긴장하고 있었다. 교문 앞에는 평소보다 훨씬 많은 교직원이 나와 있었다. 학생운영위원장 재춘은 여느 때처럼 일찍 등교했다. 재춘은 집이 멀어 일찍 나서야 했지만, 늦는 날은 없었다. 학생위원인 종규와 건호, 수길을 길에서 마주쳤다.

"얘들아!"

재춘이 반갑게 인사를 했다. 종규와 건호, 수길도 반가운 얼굴로 모여들었다. 밝은 얼굴의 재춘을 보고 종규가 말을 건넸다.

"오늘 뭐 좋은 일 있어?"

재춘은 오늘 모종의 거사를 제안했다. 다들 놀라는 얼굴이었지만, 한편으로는 이제 올 것이 왔다는 느낌이었다. 일단 점심때 모여서 의논하기로 했다. 정작 재춘과 학생위원들은 교문 앞에서는 흩어져 모른 척했다. 학교 앞에서 자취하는 영길이 가장 늦게 등교를 했다. 가까이 사는 사람이 학교에 가장 늦게 오는 법이라더니.

그 날 의 소 리

하지만 누구도 너무 빨리 거사를 이야기하거나 알아서는 안 되었다. 자칫하면 시작도 하기 전에 들통이 날 수 있었다. 그래서 재춘은 점심때 학교 밖에서 보자는 약속만 했다. 학생위원들도 무엇을 하는지 아직 모르는 상태였다. 어쩌면 사건 주동자로 몰려 감옥에 갈지도 몰랐다. 어렵게 공부를 시켜 준 부모님, 특히 어머니가 마음에 걸렸다. 하지만 최소한의 공명선거가 이뤄지지 않는 이 상황에서 가만히 있을 수는 없었다.

원주 한복판에 자리한 원주농고는 허름했지만 단정했다. 봄기운이 교정에 조금씩 감돌았지만, 봄기운보다 선거 분위기가 거셌다. 오전 수업이 끝나고 점심시간이 되자 재춘은 도시락 가방을 들고 몰래 교문을 나섰다. 점심시간인 만큼 아무도 그를 눈여겨보지 않았다. 학교에서 도심으로 향하는 쪽에선 경찰이 검문하고 있었다. 재춘은 학생모를 깊게 눌러 쓰고 반대 방향으로 향했다. 조금 돌아가는 길이기는 했지만, 검문을 피할 수 있었기 때문에 그 정도는 감수할 만했다.

재춘이 학교 근처 영길이네 자취방에 도착하자 신발이 두 켤레 보였다. 방문을 열어 보니 영길이와 학생위원 셋을 포함해 네 명이 모여 있었다. 둘은 신발을 방 안에 감추어 놓고 있었다. 혹시라도 밖에서 봤을 때 너무 많은 사람이 모여있는 것처럼 보이면 안 되니 신발을 갖고 들어오라는 영길이의 제안에 따른 것이었다.

"다들 모였구나. 따라오는 사람은 없었지?"

"안 그래도 가슴이 다 두근거리더라."

영길과 몇몇이 미행이 없었다는 뜻으로 고개를 끄덕였다.

"좋아. 영길아, 그건 준비되었지?"

"물론이지."

영길이 빙긋 웃으며 앉은뱅이책상 서랍 속에서 종이 한 장을 꺼냈다. 오늘 나눠 줄 유인물 초안이었다. 영길은 어젯 밤에 이 유인물을 쓰느라 가슴이 조마조마해 잠을 설쳤다. 들키면 경찰에 끌려가 큰 고초를 당할 상황이었다. 재춘은 영길이가 쓴 유인물을 작은 소리로 읽었다. 곁에 있던 학생 위원들 가슴이 뛰는 명문장이었다.

"좋아, 이렇게 가자. 각자 백 장씩 베껴 써야 해."

"어휴, 바쁘겠는걸. 자, 얼른얼른 씁시다."

재춘의 제안에 따라 각자 영길이가 쓴 유인물을 베껴 쓰기 시작했다. 약속한 4시 이전에 유인물 쓰기를 마무리하려면 부지런히 움직여야 했다. 글자를 너무 많이 써서 손가락이 저려 왔지만, 엄살을 부릴 여유도 없었다. 유인물을 쓰기 시작한 지 거의 두 시간 정도 지나서야 유인물을 모두 준비할 수 있었다.

이제 남은 문제는 유인물을 학교로 나르는 것이었다. 길 곳곳에서 경찰들이 검문 검색을 하고 있었다. 요즈음엔 교복을 입은 고등학생도 검문했다. 자취방에서 학교까지 가는 것도 어려웠지만, 시내로 향하다 보면 유인물을 빼앗길 수 있었다. 무엇보다 자칫 잘못하면 검문에 걸려 일을 벌이기도 전에 낭패를 볼 수 있었다.

"다들 도시락 갖고 왔지?"

학생위원들이 어리둥절한 표정으로 도시락을 내놓았다. 재춘이 도시락을 갖고 모이라 해서 갖고는 있었지만, 이렇게 한가하게 도시락을 꺼내 무엇을 하려는지 의문이었다.

"일단 밥 먹자. 깨끗하게 먹어야 해."

"위원장, 이 시국에 도시락이 웬 말이야."

갑작스러운 도시락 타령에 한 명이 당황했다는 듯 재춘에게 질문을 했다.

"이 도시락 다 먹고, 그 안에 유인물을 넣어 나르자는 말이야."

"오, 그거 좋은 생각이네."

일행은 재춘의 생각을 알아차리고 무릎을 쳤다. 경찰도 학생 가방 안에 든 도시락 속까지 검사하지는 않을 것 같았다.

"자, 시간이 없어. 얼른 도시락을 비우자고."

재춘의 독촉에 저마다 도시락을 꺼내 밥을 먹기 시작했다. 얼마나 급하게 먹었는지 맛이 잘 느껴지지 않았다. 영길은 급하게 먹는 사람들을 위해 부엌에서 물이 든 주전자를 들고 왔다. 모두 물을 벌컥벌컥 삼키며 순식간에 도시락을 먹어 치웠다. 재춘은 텅 빈 도시락을 모아 설거지를 하기 시작했다. 툴툴 털어 물기를 빼고 마른행주로 물기를 닦았다. 도시락에 유인물을 100장씩 넣고 다시 가방에 넣었다. 모두 도시락 보를 싸는 것도 잊지 않았다.

일과가 끝나는 시간은 분주해지기 마련이었다. 학교라고 다를 바 없었다. 종례를 앞둔 시각, 교실마다 연통이 돌았다. 몇 명이 1, 2학년 교실 복도를 돌아다니며 손에서 손으로 쪽지를 전달했다. 재춘을 비롯한 학생위원들이었다.

'오늘 오후 4시, 원성군청 앞.'

반장을 비롯한 학생들이 쪽지를 펼쳐 보았다. 연통을 받은 학생들 눈빛은 흔들거리거나 반짝였다. 오늘 거사에 몇 명이 참여할지 알 수 없었다. 재춘은 오늘따라 담임교사의 종례가 쓸데없이 길게 느껴졌다.

"내일은 정·부통령 선거일이다. 쓸데없이 시위 같은 것에 휘말리지 말고 조심해라. 학생의 본분은 공부하는 것으로…"

차렷, 경례까지 마치자 비로소 일과가 끝났다. 학생들은 담임교사의 종례가 끝나자 삼삼오오 흩어져 집으로 돌아갔다. 학생위원들도 집으로 돌아가는 척 교문을 나섰다. 재춘과 종규는 곧장 원성군청으로 향했고, 나머지는 흩어져서 조금 늦게 도착하기로 작전을 짰다. 재춘이 신호를 하면 모두 모여 거사를 벌이기로 약속했다.

아직 해가 지기에는 이른 오후 4시. 원성군청 앞에는 부쩍 많은 인파가 보였다. 그때 저쪽에서 정수가 바쁘게 걸어왔다.

"갖고 왔어?"

재춘의 물음에 정수가 고개를 끄덕였다. 그리고 가방에서 천으로 된 무언가를 꺼냈다. 오늘 거사에서 빠뜨릴 수 없는 현수막이었다. 종규와 영길이 정수가 가져온 현수막을 가방에서 꺼내 펼쳐 들었다. 현수막에는 '민주주의는 살아 있다'라고 쓰여 있었다.

재춘은 정수에게 자취방으로 돌아가 있으라고 일렀다. 할머니에게는 아무 말 하지 말라는 당부와 함께. 현수막이 펼쳐지자 재춘은 도로 쪽으로 나와 크게 구호를 외쳤다.

"부정선거 규탄한다!"

재춘의 외침을 신호로 이곳저곳에 흩어져 있던 학생들이 모여들었다. 현수막 주변으로 모여드는 학생만 해도 백 명이 훌쩍 넘어 보였다. 학생들은 스크럼을 짜고 앞으로 행진하기 시작했다.

"부정선거 규탄한다!"

거리에 있던 시민들이 박수를 쳤다. 부정선거에 억눌려 있던 분노가 폭발하기 시작했다. 원주농고 학생들이 씨(C)도로 (지금의 강원도 원주시 평원로) 앞으로 진출했다. 원주농고 학생들 맨 선두에 '민주주의는 살아 있다' 현수막이 있었다.

"부정선거 규탄한다!"

"민주주의는 살아 있다!"

학생들이 돌아가며 구호를 외쳤다. 누군가의 목소리에 맞춰 시위에 나선 학생들이 목소리를 모았다. 학생들이 원성군청에서 군인극장 방향으로 행진하며 20여 분 동안 시위를 벌이고 있을 때였다. 시위대 앞쪽과 뒤쪽에서 군화 소리가 나며 경찰이 모습을 보였다. 박수를 치던 사람들이 건물로 흩어져 들어가거나 바쁜 걸음을 재촉했다.

"수호하자 인권!"

"취소하자 3인조!"

"실시하자 공명선거!"

경찰의 진압 앞에서도 학생들은 의연했다. 아니, 의연한 척 보였다. 눈빛에는 두려움이 가득했다. 경찰의 쇠 곤봉이 자신들의 어깨와 팔, 머리를 때릴 걸 알고 있었기 때문이다. 학생들은 재춘의 선창에 맞춰 다시 일제히 구호를 외쳤다. 학생들은 중앙시장에 있는 백화점 앞까지 진출해 전단을 뿌렸다. 이제 10분만 버티자는 생각을 했다. 그때였다.

"저 빨갱이 새끼들, 모두 연행해!"

지휘관으로 보이는 경찰이 소리를 질렀다. 군홧발과 곤봉 세례가 뒤따랐다. 앞쪽에 있는 학생들이 비명을 지르면서 쓰러졌고, 일부는 흩어졌다. 뒤쪽에 있는 학생들은 스크럼을 짜고 그 자리에서 더 큰 목소리로 외쳤다.

"폭력 경찰 물러가라!"

한 경찰이 구호를 선창하는 재춘의 어깨를 곤봉으로 내리치려 하고 있었다. 그 모습을 본 영길이 왼팔을 들어 대신 곤봉을 맞았다. 뼈가 부러진 것 같은 고통이 밀려왔다. 곧이어 다른 경찰들의 곤봉 세례가 쏟아졌다. 재춘도, 영길도 곤봉에 맞아 피를 흘리며 만신창이로 경찰에게 끌려 나왔다.

이곳저곳에서 비명이 들려왔다. 건물 유리창으로 이 장면을 지켜보던 시민들도 같이 비명을 질렀다. 발만 동동 구르며 손수건으로 눈물을 훔치는 아주머니도 있었다. 이 혼란한 상황에서 수길은 누군가를 따라 정신없이 좁은 골목길로 뛰었다. 도망치는 수길의 모습을 보고 경찰이 소리쳤다.

"이 새끼, 거기 서!"

뒤쫓는 경찰의 목소리가 멀지 않은 곳에서 들려왔다. 한참을 달리던 수길은 목소리가 들리지 않는 곳에 이르러서야 한숨을 돌렸다. 골목을 돌아 조금 큰길로 나서려는데, 그곳도 경찰이 지키고 있었다. 수길은 방향을 돌려 왔던 골목으로 돌아갔다. 그 길에서 숨을 헐떡거리며 경찰이 걸어오고 있었다.

그날 군인극장 앞에서만 100여 명이 연행되었다. 백화점에서 유인물을 뿌리는 임무를 맡은 건호는 무사히 빠져나갔지만, 집으로 찾아온 경찰을 피하지는 못했다. 연행된 사람들은 경찰의 고문과 구타를 견뎌야 했다. '누구의 사주를 받았느냐'며 공산당과의 연계 여부에 관한 질문도 받았다. 현수막을 만든 돈은 누구에게 받았느냐는 추궁도 받았다. 북한의 간첩이나 좌익 인사가 준 돈 아니냐는 것이었다. 부정선거 규탄과 공명선거 요구가 목적이라고 말했지만 돌아오는 것은 몽둥이찜질이었다.

시위를 주도한 학생들은 고문과 구타를 당하고 며칠 뒤에야 풀려났다. 학교에서는 시위를 주도한 재춘과 학생위원들에게 무기정학 처분을 내렸다. 다시 시위에 나서면 감옥에 보내겠다는 협박에 재춘을 비롯한 학생들은 집에서 사실상 감금을 당했다. 무기정학을 당한 학생들이 집에 있는지 파출소에서 수시로 확인했고, 교사들도 자주 찾아왔다. 그렇게 거의 한 달이 지났다.

그날 시위 주도자로 체포되었던 재춘은 다른 사람보다 더 모진 고문을 받았다. 경찰은 재춘에게 좌익 혐의를 적용하려 했지만, 다행히 친척 중에 군인과 경찰이 있어 그 정도로 마무리되었다. 하지만 학교에서 무기정학 징계를 받고 귀래면에 있는 집에 감금당하는 것을 피할 수는 없었다.

처음에는 고문으로 몸을 자유롭게 쓸 수 없어 며칠씩이나 누워 지냈다. 어머니의 간병으로 어느 정도 기력을 차린 재춘은 미음을 먹고 조금씩 회복하기 시작했다. 재춘은 그래도 정수를 통해 바깥소식을 조금씩 접할 수 있었다. 그날 시위 이후 정수 역시 학교에 다니지 못하고 있었지만, 그래도 집 밖 출입은 자유로웠다. 초등학생까지 감금할 여력은 없었기 때문이다. 재춘은 그 사소한 자유마저 소중하게 느껴졌다. 집 마당은 고사하고 뒷간을 갈 때 이외에는 방 밖으로 나가는 것도 어려웠기 때문이다.

원주에서 시위가 벌어진 다음 날, 부정선거가 대대적으로 벌어졌다고 했다. 언론에 보도되었던 부정선거 방법이 다 실행되어 이승만은 물론 이기붕이 압도적인 득표율로 부통령에 당선되었다. 재춘과 정수 아버지도 3인조로 이승만, 이기붕을 찍었는지 확인하고 투표를 했다고 했다. 재춘이 경찰서에 붙잡혀가 고초를 겪고 있던 때라 더욱 확실히 자유당 후보들에 투표할 수밖에 없었다.

원주농고 학생들의 시위가 벌어지고 거의 한 달이 가까워지던 날이었다. 그즈음 재춘은 윤동주 시를 공책에 베껴 쓰는 것으로 소일을 하고 있었다. 〈참회록〉을 베껴 쓰고 있을 때, 그만 볼펜 앞부분이 깨졌다. 바로 그때, 밖에 나갔던 정수가 헐레벌떡 방문을 열고 재춘을 급하게 찾았다.

"형, 마산에서 큰일이 났대!"

"뭐, 마산? 무슨 일인데?"

정수가 신문을 손에 쥐고 방으로 들어왔다.

"큰일이 뭐냐? 전쟁이라도 났냐?"

재춘이 신문을 낚아채 급히 펼치려는데 정수가 급하게 말을 이었다.

"마산에서 학생이 죽었대. 최루탄에 맞아서."

"그게 진짜야?"

정수의 말에 재춘이 신문 기사를 찾아 읽기 시작했다.

"최루탄에 맞아 죽은 시신이 떠올랐대. 여기 봐, 여기."

정수가 가리킨 곳을 보니 중고등학생 또래의 젊은 남자가 바다에 떠 있는 사진이 있었다. 정수가 구해온 신문에는 흐릿하지만 분명하게 사람의 시신 사진이 담겨 있었다. 발행일이 4월 12일, 그러니까 바로 오늘 아침에 나온 신문이었다. 신문에는 '마산 바닷속에서 총 맞은 시체 발견'이라는 제목이 뚜렷했다.

재춘은 얼굴에 최루탄이 박혀 바다에 떠오른 앳된 모습의 사람 사진과 대성통곡을 하는 어머니의 사진을 보고 갑자기 어질어질했다. 정수가 가져온 충격적인 소식에 둘은 말을 잇지 못했다. 한국전쟁이 끝난 지 몇 해 되지 않았다고 하더라도 경찰이 대낮에 학생을 죽인 사건은 놀라웠다.

"대낮에 이게 말이 돼?"

"최루탄에 맞아 죽었으면 경찰이 죽인 것 아니야?"

"설마, 경찰이 그 정도까지?"

경찰이 재춘을 고문하기는 했어도 설마 사람을 죽일까 싶었다. 둘은 도저히 믿을 수 없다며 이야기를 했다. 하지만 신문의 사진만 봐도 예사 사건이 아니었다. 더군다나 최루탄을 경찰이 아닌 누군가가 쏘았을 리는 만무했다.

군인극장 앞 현장에서 잡히지 않은 건호는 시위 주동자에
서 빠질 수 있었다. 백화점 앞에서 유인물을 뿌리던 건호는
멀리서 들려오는 경찰 호루라기 소리에 급히 몸을 피했다.
하지만 집으로 돌아가 있던 건호를 경찰이 들이닥쳐 체포했
다. 다만 학생위원이라는 것 말고는 시위를 주도했다는 아무
런 증거가 없었다. 덕분에 건호는 다른 시위 참여 학생들처
럼 조사받고 풀려날 수 있었다.

건호는 어디서 세상 소식을 다 모아오는 소식통이었다. 건
호의 아버지는 원주에서 제일 큰 잡화점과 전파사를 운영하
고 있었다. 형은 공부를 잘해서 서울에 있는 대학을 다니고
있고, 건호는 고향에 남아 가게 하나를 물려받으라는 아버지
의 권유를 받고 있었다. 학교를 마치면 전파사에 가서 기술
을 배우고 있었는데, 라디오에서 흘러나오는 소식을 기억했
다가 친구들에게 전해 주곤 했다.

마산에서의 소식은 학교에도 전해졌다. 재춘이 마산 앞바
다에서 최루탄에 맞아 죽은 시신이 떠올랐다는 소식을 접할
무렵, 원주농고에 다니고 있는 학생들도 그 소식을 접했다.
지난 3월 14일에 시위를 주도했던 상당수 학생이 무기정학
을 당했고, 단순 참가자도 징계를 피하지 못했지만 이미 붙
은 불을 끌 수는 없었다.

"야! 야! 야, 마산 앞바다에서 죽은 학생 시신이 떠올랐
대."

학생들이 우르르 몰려들어 건호가 가져온 신문을 읽었다. 누군가는 분통을 터트렸고, 누군가는 주먹으로 책상을 내리쳤다. 마산 앞바다에 시신으로 떠오른 김주열은 마산상고에 입학할 예정인 신입생이라고 했다. 입학식은 4월 1일 금요일이었는데, 불과 10여 일 전이었다. 하지만 김주열은 마산상고에 입학하지 못했다. 김주열은 3월 15일에 실종되었다가 27일 만에 싸늘한 시신이 되어 돌아왔기 때문이다. 만약 그가 살아 있었다면 고등학교에 막 다녔을 텐데. 학생들이 신문을 읽는 사이, 창밖이 어두컴컴해지기 시작했다. 아직 소나기가 내릴 더위는 아니었는데. 먹구름이 몰려오는 것 같았다.

조례가 시작될 시각이 되자 건호는 신문을 무릎 위에 올려놓았다. 그때 교문이 열리고 담임교사가 교실로 들어섰다.

"무슨 일이야?"

담임교사가 학생들 분위기가 심상치 않은 것을 보고 물었다. 교사의 물음에 반장이 조심스레 이야기를 꺼냈다.

"별일 없습니다. 신문 좀 보고 있었습니다."

담임교사는 반장을 힐끗 쳐다보다가 말을 이었다.

"모두 집중. 요즈음 공산당이 다시 설친다는 이야기가 있다. 유언비어에 휩쓸리지 말고, 학생의 본분인 공부에 집중하길 바란다. 오늘도 공부 열심히 하자. 이상."

"차렷, 경례."

반장의 구령에 맞춰 인사를 하고 조례가 끝났다. 그리고 겉으로는 아무런 일이 없는 것처럼 수업이 시작되었다. 그러나 이미, 아무 일도 없었던 것이 아님을 학생들의 심장은 알고 있었다.

김주열의 죽음은 전국을 뒤흔들었다. 김주열의 죽음이 알려진 직후부터 전국적으로 시위가 심해졌다. 인력이 부족했는지 재춘에 대한 파출소 감시도 소홀해지기 시작했다. 날씨가 확실히 따뜻해진 4월 중순이 되자 이제 학교에서도 찾아오지 않기 시작했다. 정수는 벌써 학교에 가기 위해 할머니랑 자취방으로 나갔다. 정수가 없으니 바깥소식을 자주 전해 듣기도 힘들었다. 그래도 희소식이 있었다. 며칠 전에 찾아온 담임교사는 재춘에게 4월 25일부터 등교를 하라고 전했다. 1개월 만에 무기정학이 풀리고, 이제 다시 일상이 시작될 모양이었다.

지난 주말에 정수가 가져온 소식은 놀라웠다. 마산을 비롯해 부산, 대구, 서울 등 전국에서 부정선거를 규탄하는 시위가 불이 번지듯 번지고 있다고 했다. 경찰이 발포해서 죽은 사람도 많았다. 서울에서는 초등학생도 거리에 나서 '동포에게 총부리를 겨누지 마라'라는 현수막을 내걸었다고 한다.

그다음 주에는 더 놀라운 일이 있었다. 요즈음 세상일을 입에 전혀 올리지 않고 있던 재춘의 아버지가 대학생들이 정치깡패에게 맞은 소식을 전해 줬다. 아무래도 전국의 대학가에서 시위가 벌어진 모양이었다. 고려대 학생들이 먼저 나서 시위를 한 모양인데, 그날 정치깡패의 습격을 받아 여럿이 다쳤다고 했다. 다음 날에는 여러 대학생이 시위에 나섰는데 경찰이 총을 쏴 쓰러졌다며 한탄을 하셨다. 이런 혼란스러운 상황에서 4월 23일에는 장면 부통령의 사임 소식도 전해졌다. 이승만 대통령이 쫓겨나면 부통령이 대통령에 취임하게 되어 있었으나, 장면은 그걸 내려놓았다.

그러는 사이 재춘의 무기정학이 풀리는 날이 하루하루 다가왔다. 학교에 갈 생각에 재춘은 다른 학생위원들 안부가 궁금해졌다. 4월 24일에는 재춘도 자취방에 가기 위해 길을 나섰다. 어머니는 이제 시위 같은 것 하지 말라고 신신당부를 하셨다. 아버지는 헛기침만 했지만 걱정되기는 매한가지인 모양이었다. 재춘이 자취방으로 떠나는 날에는 파출소에서도 나와볼 만한데, 그날 경찰은 보이지 않았다.

오랜만에 등교하는 재춘은 기분이 묘했다. 기쁘지만, 한편으로 슬프기도 했다. 그날 시위를 함께하다가 연행된 100여 명의 학생에게 미안하고 고마웠다. 또 한편으로는 그사이에 너무 많은 사람이 죽거나 다쳤는데 이렇게 아무 일 없다는 듯 공부를 하는 것이 맞는지 혼란스러웠다. 영길을 비롯한 무기정학을 당했던 학생위원들도 학교로 돌아왔다. 먼저 돌아와 있던 건호가 환영의 눈빛을 보냈다. 학생부 교사와 담임교사의 눈길을 피하기는 어려웠지만, 그래도 환영의 눈빛으로 인사를 나누는 건 어렵지 않았다.

"위원장, 반가워!"

영길이 가장 먼저 환영 인사를 건넸다.

"나 때문에 고생했다."

"뭐, 그게 너 때문이냐. 우리 다 같이 한 일인데."

영길은 미안해하지 않아도 된다며 웃음을 보였다. 그 일로 연행되거나 징계를 받았던 사람 누구도 재춘과 학생위원들을 원망하지 않았다. 가끔은 철없이 모험담처럼 이야기하는 학생도 있었지만 말이다. 부정선거로 유지하던 이승만 정권의 끝이 그렇게 보이기 시작했다.

다음 날인 4월 26일에는 원주 시내 중·고등학생 연합 시위가 펼쳐졌다. 전국적인 열기 속에 무려 3000여 명이나 시위에 참여했다. 원주농고의 3월 14일 시위는 입에서 입으로 전해지며 전설처럼 회자되었다. 그날따라 햇살이 참 밝았다. 겨우내 가득했고 봄에도 남아 있던 찬 기운이 모두 사라지고, 더위가 찾아오는 듯했다. 그날 라디오에서는 긴급한 뉴스가 들려왔다. 이승만 대통령이 하야를 발표하고 얼마 후 부인과 함께 미국 하와이로 떠났다. 부정선거의 주역인 이기붕 국회의장 일가족이 목숨을 잃었다. 아들 이강석이 아버지 이기붕, 어머니 박마리아, 동생 이강욱 등 가족을 모두 권총으로 쏘고 스스로 목숨을 버린 것이었다.

그렇게 역사의 한 장면이 막을 내렸다. 연둣빛이 가득한 나무를 바라보는 재춘의 눈에 눈물이 흘렀다. 너무 많은 사람이 죽었다.

"유구한 역사와 전통에 빛나는 우리 대한국민은 3·1운동으로 건립된 한민국임시정부의 법통과 불의에 항거한 4·19 민주이념을 계승하고, 조국의 민주개혁과 평화적 통일의 사명에 입각하여…."

　우리는 헌법 전문에서 4·19혁명을 만납니다. 4·19혁명은 헌법 전문에 새겨진 성공한 항쟁의 역사가 되었습니다. 그러나 박제화된 역사는 언제나 잊힙니다. 그래서 우리는 박제된 역사를 거부하고 물결치는 역사를 현재로 불러내야 합니다. 그렇습니다, 역사는 언제나 망각에 대한 투쟁입니다. 그것이 항쟁 앤솔로지 《주먹 쥐고 일어서》의 수원지가 아닐까 합니다.
　원주에서 일어난 4·19혁명의 역사를 만났을 때 뒤통수를 맞은 느낌이었습니다. 역사를 가르치는 이기원 선생님이 한 신문에 기고한 글에서 원주농고 학생들의 생생한 4·19혁명 이야기를 보았습니다. 그 이전까지 4·19혁명은 마산에서, 서울에서, 대구에서 벌어진 먼 곳의 이야기라는 느낌이 강했습니다. 그런데 4·19혁명은 의외로 우리와 가까운 곳에 있었습니다.

제2차 세계대전 이후 독립한 상당수의 나라는 독재라는 또 다른 고통을 겪었습니다. 신음했습니다. 한때는 독립을 위해 헌신했던 독립운동가들이 독립 이후 독재자로 변하기도 했습니다. 남한에서도 이른바 독립운동가 출신인 이승만 정권의 독재가 이어졌습니다. 그리고 1960년 3·15부정선거를 계기로 민주혁명의 불길이 타올랐습니다. 대구에서 시작된 4·19혁명의 불길은 부산, 대전, 원주, 마산, 청주, 충주, 서울 등으로 옮겨붙었습니다. 이 이야기는 원주에서 실제로 일어난 고등학생들의 4·19혁명을 다루고 있습니다. 다만 이 작품에 등장하는 인물은 실존 인물이 아니라, 상상으로 풀어냈습니다.

지금 4·19혁명 세대는 70~80대의 노인이 되었습니다. 한국전쟁 이전에 태어난 그 세대는 격동의 역사 한가운데에서 있었습니다. 그 세대가 살아온 역사가 항상 앞으로 곧게 전진했던 것은 아닙니다. 그 세대 역시 비틀거리며 역사의 물줄기를 맞았습니다. 하지만 역사의 한복판에서 독재를 거부하고 끊임없이 빈틈을 만들기 위해 도전했던 것을 기억해야 합니다. 4·19혁명이 있었기에 사북항쟁과 5·18 민중항쟁, 촛불항쟁이 가능했다는 것도.

구두 열 켤레

정명섭

이마트를 끼고 있는 아파트 단지를 지날 무렵, 호흡이 가빠졌다. 재작년에 크게 앓은 이후 운동을 부지런히 했지만 역시 오래 걷는 것은 무리였다. 그냥 돌아갈까 하고 생각했지만 어렵게 온 이상 꼭 들르고 싶다는 마음이 간절했다. 햇빛 아래에서 우두커니 서서 잠시 기력을 회복한 후에 다시 걸었다. 오랜만에 찾아온 성남은 크고 곧게 뻗은 길과 높은 아파트와 빌딩들이 즐비했다. 예전 모습은 거의 찾아볼 수 없었지만, 빌딩 사이 작은 골목길과 거기로 이어지는 달동네에는 여전히 내가 어렸을 때 보던 풍경들이 보였다. 보도블록 위로 나온 행상들이 싸게 판다고 외치는 소리가 메아리처럼 들려왔다. 간판들이 번잡하게 자리 잡은 사거리를 지나조금 더 걷자 보건소가 나왔다. 다른 빌딩과는 달리 간판이 없어서 마치 벽처럼 느껴졌다. 그 벽 한쪽 구석에는 안내판이 하나 서 있었다. 예전 이곳이 성남 출장소였던 시절 내 키 정도라면 딱 읽기 좋은 높이였다. 제일 위에는 흑백 사진 한 장이 붙어 있었고, 그 아래에는 그 시절 사람들이 아직도 '광주 대단지 사건'이라고 부르는 사건들에 대한 설명이 나와 있었다. 안내판에는 '8·10 성남(광주 대단지) 민권운동'이라고 적혀 있었는데 그걸 보자 가슴이 가볍게 떨려왔다. 제일 아래 문구에서 눈길이 멈췄다.

'1971년 8월 10일 수많은 주민이 생존권을 위해 투쟁한 장소.'

그날의 항쟁이 아주 간단하게 적혀 있었다. 하지만 그때의 일은 몇 글자 혹은 사진 한 장으로 온전히 설명할 수 없었다. 지나가는 자동차에서 나는 소음과 학원에서 나온 아이들이 떠드는 소리, 그리고 확성기에서 들려오는 장사꾼들의 외침이 차츰 사라지는 가운데, 나의 기억은 1971년 광주 대단지로 향했다.

돌이켜보면 모든 일의 시작은 내 박치기 때문이었다. 정확하게는 주인집 아들인 주먹대장의 얼굴을 내 머리로 받아 버린 것이다. 이발소에서 쓰는 오래된 플라스틱 바가지가 깨지는 소리가 나고 주먹대장의 얼굴에서 피가 분수처럼 뿜어져 나왔다. 내 고향인 대전에서는 띠기라고 부르는 뽑기를 서울에서는 달고나라고 부른다면서 잘난 척하는 것도 짜증 났다. 결정타는 TV였다. 동네 친구들이 오면 다 보여 줬는데 내가 보여 달라고 하면 고장이 났다는 둥, 아버지가 다른 걸 본다는 둥 하면서 안 보여 줬다. 덕분에 동네 친구들은 동양방송에서 방송하는 '해태 어린이 극장'의 내용을 줄줄이 꿰었지만 나는 전혀 몰라서 얘기하는 데 끼어들지 못했다. 결국 참다못한 내가 구슬치기에서 지고도 구슬을 주지 않고 모른 척하는 주먹대장 얼굴에 박치기한 것이다. 싸우게 되면 무조건 먼저 때리고, 주먹으로 안 될 것 같으면 머리를 쓰라는 월남전(베트남전) 참전용사 출신 아버지의 얘기를 충실히 따른 것이다. 머리를 어떻게 쓰라는 말이냐는 내 물음에 아버지는 정수리를 손가락으로 가리켰다.

"여기로 콧잔등을 콱 박아 버리는 거야. 내가 월남에서 그걸로 베트콩을 셋이나 때려잡고 훈장을 받았잖아."

그다음으로는 월남의 정글에서 매복한 베트콩을 어떻게 제압했는지 매번 얘기해 주셨다. 하지만 뒷얘기는 기억나지 않고 박치기만 떠올랐다. 주인집 아들은 나랑 동갑이었지만 매일 아침 배달 온 우유를 먹은 탓인지 머리 하나 정도만큼 더 컸다. 거기다 성격도 장난 아니라서 동네 골목대장 노릇을 했고, 그래서 별명도 만화에 나오는 '주먹대장'이었다. 만화처럼 주먹이 크지는 않았지만 말이다. 어쨌든 나보다 압도적인 덩치 때문에 싸우게 되면 일단 박치기부터 하겠다고 마음먹었다. 그리고 실제로 싸웠을 때 써먹은 것이다.

결국, 우리 집은 계약기간보다 일찍 그 집을 나와야 했다. 아버지는 집주인에게 같은 월남전 참전용사 아니냐면서 다급하게 매달렸지만 소용없었다. 친구에게 막걸리를 사 주고 빌려 온 리어카에 짐을 싣던 아버지는 이럴 때는 전우도 소용없다고 투덜거렸다. 어머니가 계모임 친구의 도움으로 간신히 청계천에 단칸방을 하나 구했다. 말이 집이지 절반은 청계천 위로 빠져나온 수상 가옥 같았다. 낡은 장판은 담배 구멍이 뻥뻥 뚫려 있었는데 잠을 자다가 몸을 옆으로 굴리면 구멍을 통해 청계천의 썩은 물이 흘러가는 게 보였다. 그렇게 청계천 생활이 시작될 무렵 어머니가 귀가 솔깃한 얘기를 들으셨다. 문가에 기대서 몇 시간이고 얘기를 나누던 어머니는 그날 밤, 고향 친구를 만나 술을 걸치고 얼큰하게 취해서 온 아버지에게 말했다.

"한 평당 2000원에 20평이래요. 돈은 입주한 지 3년이 지난 다음부터 나눠서 내면 되고요. 4만 원이면 우리 집을 지을 수 있어요."

"거기가 어디라고?"

막걸리에 취한 아버지의 트림 섞인 물음에 어머니가 대답했다.

"광주요. 광주."

"전라도는 여기서 너무 멀어."

"누가 전라도 광주래요. 경기도 광주요."

술에 취해서 게슴츠레해진 눈으로 대꾸한 아버지가 귀찮다는 듯 돌아누웠다.

"나중에 얘기합시다. 나중에."

아버지는 대충 넘어갈 생각인 것 같았다. 하지만 어머니는 그 길로 친정에 가서 돈을 빌리고, 곗돈을 모아서 기어코 돈을 만들었다. 광주에 땅을 받은 철거민에게 입주권을 살 만큼 돈을 마련한 것이다. 아버지는 서울에서 멀어진다며 펄쩍 뛰었지만, 어머니의 고집을 이기지는 못했다.

"아니, 그럼 언제까지 이런 문간방에서 살 건데요? 우리 영기가 주인집 애한테 맞아서 코피 난 거 당신도 봤잖아요. 조금만 고생하면 고속도로도 뚫리고, 아파트도 들어선대요. 눈 딱 감고 몇 년만 고생합시다. 우리."

어머니의 고집에 아버지는 구석에서 내일 학교에서 쓸 딱지를 접는 나를 힐끔 바라봤다.

"우리 영기 공부는 어쩌고?"

"머리가 나빠서 어차피 공부로는 텄어요. 당신처럼 평생 먹고살 기술을 하나 가르치는 게 좋지 않겠어요?"

머리가 나쁜 건 사실이지만 어머니에게 그 얘기를 들으니까 기분이 나빴다. 더 기분이 나쁜 건 어머니의 얘기를 들은 아버지가 나를 힐끔 보고는 한숨과 함께 고개를 끄덕거렸다는 점이다. 그렇게 마지막 걸림돌이 사라진 어머니는 가지고 갈 수 없는 세간살이는 팔아 버리고 짐을 꾸렸다. 그 와중에 내 용돈이 끊겨서 딱지와 구슬을 사지 못한 대참사가 벌어지기도 했다.

몇 달 동안 사방에서 긁어모은 돈으로 어머니는 광주 대단지로 입주할 수 있는, 딱지라고 부르는 입주권을 샀다. 아마 그곳에 가려고 했던 청계천의 철거민 중 누군가에게 웃돈을 주고 산 모양이었다. 결국, 우리 가족은 쌀쌀함이 아직 가시지 않은 초봄에 툴툴거리는 아버지를 앞세우고 광주로 내려갔다. 흙먼지가 풀풀 날리는 도로를 한참 달리던 버스가 큰길 가에 멈췄다. 하얀색 가설 탑이 있는 곳이었는데 거기에는 양쪽 끝에 한자와 영자가 있었고, 가운데 '약진 광주 대단지'라고 적혀 있었다. 그러니까 대충 약진하는 광주 대단지에 온 걸 환영한다는 뜻이었다. 그 가설 탑 아래 멈춘 버스에서 우리 가족처럼 보따리를 하나씩 든 사람들이 지친 표정으로 내렸다. 부라더 미싱을 천에 꽁꽁 싸서 머리에 짊어진 어머니가 내린 것을 마지막으로 버스는 사라졌다. 옷이 든 보따리를 바닥에 내려놓은 아버지가 주변을 바라봤다. 슬레이트 지붕에 '삼천리 연탄'이라고 쓰여 있는 연탄 공장과 맞은편에 '이화 벽돌'이라는 간판이 있는 작은 벽돌 공장 하나, 그 옆의 주유소와 허름한 약국 정도를 제외하고는 멀쩡한 건물이 없었다. 거의 전부 군용 천막이었고, 거기에 어디서 주워 왔는지 모를 널빤지로 벽을 가린 정도가 대부분이었다.

간혹 시멘트 벽돌에 미군 C-레이션(전투식량) 깡통을 펴서 만든 지붕을 올린 집들이 몇 채 보일 뿐이었다. 아버지는 잔뜩 찌푸린 얼굴로 주변을 돌아보면서 중얼거렸다.

"여기 어디에 도시가 있는 건데?"

그러면서 코를 후비는 나에게 물었다.

"여기에 도시가 있어야 하는데 말이다."

큼지막한 코딱지를 살살 뽑아내는 데 열중하느라 어처구니없다는 표정으로 말하는 아버지의 말에 제대로 대답하지 못했다. 하지만 부라더 미싱을 조심스럽게 내려놓은 어머니가 아버지의 등짝을 때렸다.

"대신 땅이 있잖아요. 송곳 꽂을 땅도 없다가 20평이나 생겼으니까 출세한 거 아니에요."

땅이라는 말에 아버지의 표정이 밝아졌다. 그러면서 다시 보따리를 들었다.

"그래, 땅이라도 있으니 그게 어디냐."

투덜거리는 아버지와 달래는 어머니의 뒤를 따라 드디어 우리 집에 도착했다. 사방에 도랑을 파놓았고, 가운데에는 군용 천막이 하나 있었다. 지붕에는 분필로 주소를 적어놨는데 어머니는 그걸 보고 우리 집이라고 좋아했다. 나 역시 좁은 단칸방과는 다르게 내 공간이 있을 것이라는 생각에 반색했다. 이전 집에서는 주먹대장과 같은 중학교에 다녀야 했기 때문에 찜찜했다. 학교에는 주먹대장의 친구들이 많았기 때문이다. 이고 지고 온 미싱과 보따리를 내려놓고 한숨을 돌린 아버지와 어머니를 따라 집 주변을 바라봤다.

　우리 집은 나무를 잘라 낸 산 중턱쯤에 있어서 아래쪽이 잘 보였다. 서울에서 온 버스가 오가는 큰길 주변에 슬레이트 지붕을 올린 집이 몇 채 있을 뿐 전부 다 천막들뿐이었다. 그사이에 꼬물거리는 사람들이 보였다. 원래 살던 단칸방이 있던 창신동이나 이곳에 오기 전에 잠깐 살았던 청계천과는 완전히 달랐다. 그 와중에 누군가 새로 이사를 오자 바로 이웃 천막에서 사람들이 나와 기웃거렸다. 친화력 하나는 대한민국 최고인 어머니는 비슷한 연령대의 아주머니와 금세 친해졌다. 서울역 뒤편 만리동에서 살다가 왔다는 이웃집 아주머니는 하소연부터 했다.

　"여긴 진짜 아무것도 없어. 아무것도."

　"나라에서 공장을 지어 준다고 했잖아요. 도로도 놔 주고, 전기도 깔아 준다고 해서 왔는데요."

　얼떨떨해하는 어머니의 말을 들은 이웃집 아주머니가 긴 한숨을 쉬었다.

　"우린 작년 여름에 왔는데 진짜 죽다 살아났다니까, 너무 덥고 지쳐서 모기가 콕 찍어서 피를 빠는 데 꼼짝도 못 했어. 겨울은 또 어떻고? 바람이 하도 불어서 이불을 뒤집어쓴 채 살았다니까, 진짜."

옆에서 듣던 나는 아주머니가 자기 말에 계속 '진짜'라는 단어를 넣는 게 재미있었다. 그래서 속으로 '진짜 아주머니'라는 별명을 붙였다. 어머니는 예상과는 다르다는 생각에 걱정이 되었는지 이것저것 물었다. 결론은 아무것도 없다였다. 화장실도 없고, 수도도 없었다. 전기는 당연히 안 들어왔다.

"시장 같은 건 있겠죠?"

"오면서 아무것도 없는 거 봤잖아. 저기 남쪽으로 내려가면 모란시장이라고 있긴 한데 오일장이야."

"서울로 가는 버스는요?"

"아까 260번 타고 왔지?"

"네."

"그게 전부야. 하루 다섯 대인가 여섯 대 다니는 게 전부라고, 진짜."

진짜 아주머니 얘기를 들은 어머니가 입을 다물지 못했다.

"아니, 여기 최소한 5만 명은 넘는데 그걸로 어떻게 감당해요?"

"그래서, 아침마다 전쟁이야. 전쟁. 그거 타고 을지로까지 가려면 한 시간 반이 걸린다니까, 거기다 버스비도 70원씩이나 해."

"정말요?"

"아이고, 아무것도 모르고 온 모양이구먼. 진짜, 공장도 없고, 일거리도 없어서 시내로 가서 날품팔이하고 지게꾼 노릇

이라도 해야 하는데 생돈 날리게 생겼다고 다들 난리야. 애
아빠는 무슨 일 해?"

"이것저것 해요. 지금은 아파서 좀 쉬고 있고요."

"움직일 수 있으면 일단 화장실부터 만들라고 해. 제대로
안 만들면 내내 고생할 거야."

선심 쓰는 표정으로 말한 진짜 아주머니가 고맙다는 어머
니에게 넌지시 물었다.

"그래도 미싱까지 있는 걸 보니까 입주권 산 거야?"

"그, 그게."

놀란 어머니가 어물쩍 입을 다무는 사이, 나는 바깥을 바
라봤다. 민둥산처럼 허허벌판인 산등성이에 마치 식목일에
심은 나무처럼 천막들이 자리하고 있었다. 이런 곳에 왜 이
렇게 많은 사람이 몰려들었는지 궁금했다. 어른들은 종종 이
상한 결정을 내릴 때가 있긴 했지만 말이다.

"그리고 장화부터 사. 진짜 그거 없으면 못 산다니까."

"장화요?"

"그래, 저기가 큰길인데 저기까지가 완전 진흙탕이야. 그
래서 이 동네에서는 마누라 없이는 살아도 장화 없이는 못
산다는 말이 있어. 비 한번 내리면 진짜 며칠 동안은 완전 뻘
밭이야. 뻘밭."

어머니와 진짜 아주머니가 말을 나누는 사이, 나는 심심

해서 주변을 두리번거렸다. 그런데 진짜 아주머니네 천막 안에서도 나와 똑같은 표정을 짓고 있는 또래 남자아이가 보였다. 재빨리 위아래를 살펴보고는 빠르게 결론을 내렸다.

"우아, 제법인데?"

코르덴으로 된 바지에 제법 잘 다린 윗옷을 입고 있었다. 그 아이도 나한테 관심이 있는지 슬슬 천막 밖으로 나왔다. 그러면서 양쪽을 구분하는 작은 도랑을 사이에 두고 마주 봤다. 서부의 총잡이처럼 잠깐 서로를 노려봤지만 거의 동시에 상대방이 별거 없다는 사실을 눈치채고는 피식 웃고 말았다. 코르덴 바지를 입은 진짜 아주머니 아들이 먼저 물었다.

"어디서 왔어?"

"창신동이랑 청계천에 살다 왔어. 너는?"

"만리동 고개. 몇 학년이야?"

"중학교 1학년, 너는?"

"나도 중학교 1학년이야."

나이라는 마지막 장벽을 넘자 안도감이 들었다. 그때, 코르덴 바지가 물었다.

"내 이름은 나동식이야. 너는?"

"영기, 송영기야."

"친하게 지내자. 이 동네는 텃세가 심해서 힘들었어."

"무슨 텃세?"

다 거기서 거기 아니냐는 내 물음에 동식이가 고개를 저었다.

"작년에 먼저 온 애들이 올해 온 애들을 따돌리고 괴롭혀. 살다 온 동네로도 나뉘고 말이야."

그 얘기를 듣자 산등성이에 빼곡하게 들어선 천막들이 다르게 보였다. 천막과 천막 사이에는 작은 도랑이 하나 있을 뿐이지만 눈에 보이지 않는 장벽들이 세워져 있었던 셈이다. 가난하면 다 친하게 지낸다는 건 거짓말이었다. 어른이건 어린아이건 그 와중에 미세한 틈새를 찾아내서 서로 괴롭혔다. 생각에 잠겨 있던 내게 동식이가 슬쩍 말했다.

"내가 재미있는 거 보여 줄까?"

"뭐?"

"저기 아래쪽 천막에 이상한 아저씨가 살아."

"어떻게 이상한데?"

동네마다 쥐약을 잘못 먹고 이상해진 형이나 아저씨들이 종종 있었다. 그래서 난 구멍 난 러닝셔츠에 맨발로 어슬렁거리며 돌아다니다가 알 수 없는 괴성을 질러서 사람들을 놀라게 하는 그런 아저씨인 줄 알았다. 하지만 동식이의 대답은 예상과는 엄청 달랐다.

"구두가 열 켤레나 된대. 열 켤레."

양쪽 손을 앞으로 내밀어서 열 손가락을 쫙 편 동식이가 코를 훌쩍거렸다. 이곳에 온 지 얼마 되지 않았지만, 몹시 궁금했다. 마누라는 없어도 되지만 장화는 꼭 필요하다는 이

동네에 구두 부자라니.

　동식이가 호기심 어린 내 표정을 읽었는지 따라오라는 손짓을 했다. 나는 슬쩍 어머니와 진짜 아주머니를 바라봤다. 둘은 아예 천막 안에 앉아서 얘기를 나누는 중이었다. 어머니는 이곳에 대한 정보가 필요했기 때문에 진짜 아주머니에게 최대한 많은 얘기를 뽑아내려고 하는 것 같았다. 나는 얼른 고개를 돌려 동식이를 바라봤다.

　"가자."

　동식이가 두 팔을 벌려 균형을 잡은 채 언덕 아래로 내려갔다. 나 역시 두 팔을 벌린 채 언덕을 쪼르륵 내려갔다. 최대한 조심스럽게 언덕을 내려가자 언덕 자락 초입에 천막 하나가 보였다. 겉으로 보기에는 평범한 천막이고 구두 열 켤레 같은 게 있을 것 같지는 않았다. 언덕 위에 엎드린 동식이가 얼른 엎드리라는 손짓을 했다. 셔츠에 흙이 묻으면 어머니에게 혼날 것 같았지만 호기심이 두려움을 이겼다. 내가 바닥에 엎드리자 동식이가 머리를 잡고 푹 눌렀다. 그대로 바닥에 턱을 부딪치고 말았다. 하필이면, 돌이 있어서 비명도 못 지를 정도로 턱이 얼얼했다.

　"뭐 하는 거야?"

　텃세 아니냐고 짜증을 내려고 했지만 동식이는 손가락으로 조용히 하라는 손짓을 했다. 그리고 언덕 아래쪽에 있는 천막을 가리켰다. 아까까지는 안 보였던 아저씨 한 명이 보였다. 아버지보다는 몇 살 어려 보였는데 마구 헝클어진 반백의 머리에 부지깽이처럼 깡말랐다. 양손에 구두들을 들고 온 아저씨는 어디서 구해왔는지 모를, '어름'이라는 빨간색 글씨가 적힌 널빤지 위에 구두들을 내려놓고는 다시 천막 안으로 들어갔다. 그리고 다시 구두들을 양손에 들고 나타났다. 바닥에 구두들을 쭉 늘어놓은 아저씨는 담배를 꺼낸 다음 성냥불을 그어서 불을 붙였다. 그리고 천천히 담배를 피우면서 구두들을 내려다봤다. 마치, 아버지가 놀고 있는 자식들을 바라보는 것처럼 말이다. 나란히 놓은 덕분에 우리는 구두 수를 쉽게 셀 수 있었다.

"하나, 둘, 셋, 넷 … 열여덟, 열아홉, 스물. 진짜 열 켤레네. 구두 부자네. 구두 부자."

내가 혀를 내두르며 말하자 동식이가 으쓱한 표정을 지었다.

"나는 거짓말 안 해."

"뭐 하는 사람인데 구두가 저렇게 많아?"

내 물음에 동식이가 잠깐 생각하다가 대답했다.

"책 만드는 회사에 다닌다고 했어."

"출판사?"

"맞아, 출판사라고 했어."

"거기 다니면 저렇게 많은 구두가 필요해?"

"몰라, 아빠가 잠깐 얘기해 봤는데 엄청나게 잘난 척한다고 싫어했어. 먹물들은 재수 없다면서 말이야."

얼굴을 찡그린 동식이의 말에 나도 맞장구를 쳤다.

"맞아. 재수 없어."

그렇게 말장난을 주고받는 사이 아저씨는 바닥에 주저앉아 구두를 하나씩 정성껏 닦았다. 러닝셔츠 천 같은 걸로 닦다가 입으로 먼지를 훅 불기도 했다. 햇빛에 대고 이리저리 살펴보다가 뭔가를 찾으면 다시 열심히 닦았다. 그렇게 하나씩 구두를 닦는 걸 보고 우리는 피식 웃고 말았다.

"뭐 하는 거야? 저 아저씨는."

"몰라, 진짜 이상한 사람 같은데 맨날 퇴근해서는 구두만 닦고 지낸대."

동식이의 얘기를 들으며 다시 아저씨를 내려다봤다. 아저씨는 구두닦이보다 더 정성스럽게 구두를 닦고 또 닦았다. 그런데 콧잔등에 뭔가 툭 하고 떨어졌다.

"뭐지?"

손가락으로 콧잔등을 만지자 물기가 느껴졌다. 고개를 들어서 하늘을 바라보자 조금 전까지 파랗던 하늘이 잔뜩 먹구름으로 바뀌어 있었다. 같이 하늘을 본 동식이가 소리쳤다.

"아이고, 큰일 났다."

벌떡 일어난 동식이가 호들갑을 떨었다.

"뭐가 큰일 나?"

"얼른 가자. 비가 내리기 전에 할 일이 있어."

그러고는 내 손을 잡고 집으로 올라갔다. 그사이에, 비가 본격적으로 내리기 시작했다. 그리고 깨달았다. 이곳에서 비가 온다는 건 지옥문이 열린다는 것과 다를 바가 없다는 사실을 말이다. 사실, 서울에 있었다면 그냥 비가 좀 내리는 정도였다고 생각할 것이다. 골목길의 우묵한 곳이나 맨땅 곳곳에 있는 구덩이에 물이 차는 정도가 고작이었다. 간혹 빗물이 지붕을 뚫고 바닥으로 떨어질 수도 있었지만, 양동이 하나 가져다 놓으면 그만이었다. 그런데 이곳은 달랐다. 헐레벌떡 집에 돌아오자 무시무시한 일이 벌어졌다. 접이식 밥상을 머리에 쓰고 비를 피하던 어머니가 달려오는 나를 보고는 손짓을 했다.

"아이고, 어딜 갔다 온 거야? 얼른 뒤에 가서 아버지 좀 도와드려."

"네."

천막 뒤쪽으로 돌아가자 작은 폭포가 흘러내리는 중이었다. 물뿐만 아니라 주먹만 한 돌멩이부터 정체를 알 수 없는 쓰레기까지 굴러 내려왔다. 아버지는 두 손으로 쏟아지는 물줄기를 막다가 나를 보고는 외쳤다.

"영기야! 가서 막을 만한 거 좀 가져와."

"뭐, 뭐로요?"

"아무거나! 빨리 서둘러!"

아버지의 다급한 재촉에 나는 다시 천막 앞쪽으로 뛰어갔다. 밥상을 쓴 어머니가 발을 동동 구르고 있었는데 그때마다 바닥에 흙탕물이 튀었다.

"엄마! 물 막을 거!"

"몰라, 어디서 막을 걸 찾아!"

발을 동동 구르는 어머니에게 다가가서 쓰고 있는 밥상을 뺏었다. 그리고 한걸음에 아버지에게 달려갔다. 밥상을 본 아버지가 쓴웃음을 지었다.

"밥 먹는 거로 똥물을 막는구나."

하지만 별다른 수가 없었다. 아버지는 밥상을 받아서 쏟아지는 물줄기를 막았다. 그러자 양쪽으로 갈라진 물줄기가 천막을 스쳐서 아래로 콸콸 흘러갔다. 그사이, 빗줄기는 더 심해졌다. 옆집에서도 난리가 났는데 진짜 아주머니가 바가지로 물을 퍼내는 중이었다. 동식이도 그 옆에서 정신없이 물을 퍼내고 있었다. 나도 따라서 손으로 천막 뒤 웅덩이에 고인 물을 퍼냈다. 위에서는 정말 온갖 오물들이 쏟아져 내려왔다. 그 와중에 위에서 비명이 들렸다.

"아이고, 내 집! 내 집!"

위쪽을 쳐다보니 물살에 휩쓸린 천막이 넘어지고 있었다. 넘어진 천막은 삽시간에 물살을 따라서 아래로 내려왔다. 놀란 아버지가 밥상을 내던지고 나를 끌어안았다.

"영기야!"

아버지가 나를 끌어안고 몸을 날리자 물살과 함께 쏟아진 천막이 우리 집 천막을 아슬아슬하게 스쳐 지나갔다.

"다친 데 없냐?"

물에 흠뻑 젖은 아버지의 물음에 나는 손으로 연신 얼굴의 빗물을 쓸어내리며 괜찮다고 했다. 넘어지면서 허리가 다친 것 같았지만 아프다고 말할 분위기는 아니었다. 아버지가 내민 손을 잡고 일어나면서 아래쪽을 바라봤다. 우리 천막을 스치고 간 그 천막이 언덕 아래쪽 다른 천막을 덮치고 있었다. 우리처럼 도랑에서 넘치는 물을 퍼내던 그 가족들은 삽시간에 쓸려 내려간 천막을 보면서 망연자실한 표정을 지었다. 아버지도 그 광경을 보고 할 말을 잊었는지 멍하니 바라보기만 했다.

"진짜 집이 쓸려 내려갔네."

아래쪽을 바라보던 나에게 동식이가 외쳤다.

"얼른 도랑 더 파내! 안 그러면 흙탕물이 천막 안으로 들어와!"

퍼뜩 정신을 차린 나와 아버지는 서둘러 손으로 도랑의 바닥을 긁었다. 소용돌이치던 흙탕물이 콸콸거리며 아래쪽으로 흘러 내려갔다. 아버지가 흙 묻은 손으로 이마를 닦으면서 중얼거렸다.

"맙소사, 이런 곳에 살라고 우릴 던져놓은 거야?"

부사관 출신으로 월남전 참전용사라는 걸 입버릇처럼 내

세우며 나라가 시키는 일은 무조건 해야 한다고 하던 아버지에게서 처음 듣는 원망이었다. 마치 하늘이 대답하는 것처럼 천둥소리가 들렸다. 빗줄기가 더 거세졌고, 다 포기한 아버지는 나를 데리고 천막 안으로 들어갔다. 어머니는 이불을 꺼내서 애지중지하는 부라더 미싱을 덮는 중이었다. 천막을 뚫고 들어온 빗줄기들이 마치 바늘처럼 온몸을 쿡쿡 쑤셔댔다. 결국 우리 가족은 이불로 감싼 부라더 미싱을 가운데 두고 끌어안은 채 버텼다. 두 시간 동안 퍼붓던 비는 시작할 때처럼 갑자기 그쳤다.

비가 그치고 나서 나는 덜덜 떨면서 밖으로 나갔다. 눈앞에 보이는 풍경은 아까와는 전혀 딴판이었다. 버스가 멈췄던 가설 탑 부근은 마치 거대한 호수가 된 것 같았다. 산기슭에 쏟아진 빗물이 그대로 아래로 흘러가면서 모든 걸 쓸어 버린 것이다.

"맙소사."

서울에 있었을 때는 상상도 하지 못한 모습에 나는 입을 다물지 못했다. 아무것도 못 하고 입을 벌린 채 바라보고 있는데 옆 천막에 있던 동식이가 소리쳤다.

"야! 햇볕이 들고 있으니까 얼른 가재도구들 말려!"

"한숨 좀 돌리고."

"안 돼! 조금만 놔둬도 냄새나서 못 쓴단 말이야. 서둘러."

동식이네 집은 진짜 아주머니와 아저씨가 열심히 가재도 구를 가지고 나오는 중이었다. 구름 사이를 뚫고 나온 햇볕이 점점 달아오르는 중이었다. 동식이의 얘기를 들은 어머니도 서둘러 비에 젖은 이불을 가지고 나왔다.

　"영기야. 도와줘."

　물에 젖은 이불은 쇳덩이보다 더 무거웠다. 낑낑거리면서 앞마당으로 끌고 나와 펼쳤다. 바닥은 온통 진흙투성이였지만 그런 걸 따질 여유는 없었다. 어머니는 부라더 미싱에 물이 들어간 것 같다며 속상해했다. 하루 만에 펼쳐진 일에 정신을 못 차리는 와중에 광주 대단지의 첫날이 지나갔다.

　"영기야! 놀자!"

　쥐잡기 포스터를 비롯한 '때려잡자 공산당' 같은 반공 구호가 덕지덕지 붙은 담장 뒤에서 동식이 목소리가 들렸다. 나는 마루 평상에서 석유풍로를 들여다보던 부모님 눈치를 슬쩍 봤다. 구멍이 숭숭 뚫린 러닝셔츠 차림의 아버지는 석유풍로를 살펴보는 중이었고, 몸뻬 차림의 어머니는 연신 불안한 표정으로 주변을 서성거렸다. 그럴 만도 한 것이 그 석유풍로가 집 안의 유일한 조리도구였기 때문이다. 허허벌판인 광주로 이사 오면서 받은 것은 낡은 군용 천막 하나뿐이었다. 그나마 여름이니까 좀 버티다가 겨울이 오기 전에 집을 짓기로 했다. 전기는 언감생심 꿈도 꾸지 못했고, 연탄도 찾기 힘든 곳이었다. 멀다는 이유로 연탄을 배달해 주지 않거나 웃돈을 요구했기 때문이다. 비만 오면 홍수가 나고, 날이 쨍쨍하면 흙먼지가 풀풀 날려서 사람들을 지치게 했다. 그래도 싼값에 땅을 얻었고, 여기에 집만 지으면 된다는 생각으로 사람들은 참고 또 참았다. 거기다 국회의원 선거가 시작되면서 광주 대단지에 찾아온 국회의원 후보마다 자기들이 이곳에 아파트를 세우고 공장을 지어 줄 것이라는 공약을 내걸었다. 사람들은 희망에 부풀었다. 여전히 아버지는 끙끙거리는 중이었고, 어머니는 초조한 표정을 지었다. 동식이에게 잠깐 기다리라는 손짓을 하고는 슬쩍 어머니에게 다가가 올이 풀어진 소매를 당겼다. 그러자 어머니가 말했다.

"해 떨어지기 전에 돌아와."

"네!"

어머니의 마음이 변하기 전에 냉큼 인사를 하고 동식이에게 뛰어갔다. 며칠 전 학교 두발 검사에 걸려서 바리캉으로 머리에 고속도로가 났던 동식이는 배코 머리로 깎았다. 까슬까슬한 동식이의 머리를 슬쩍 만져 봤다.

"왜? 재미난 거 있어?"

"큰길에 국회의원 선거 유세하러 왔는데 가수들이 왔대."

"진짜? 얼른 가 보자!"

재밋거리가 없던 광주 대단지에서는 빼놓을 수 없는 볼거리였다. 나는 동식이를 따라 언덕을 뛰어 내려갔다. 며칠 동안 비가 오지 않은 탓에 먼지가 풀풀 날렸다. 가설 탑 부근에 는 트럭 몇 대가 서 있었고, 그중 한 대에 확성기를 들고 공화 당 후보 어쩌고 하는 글씨가 적힌 어깨띠를 두른 양복 차림 의 아저씨가 보였다. 주먹을 불끈 쥔 아저씨가 확성기에 대 고 열심히 떠들어댔는데 소리가 울려서 잘 들리지 않았다. 말이 끝날 때마다 머리띠를 두른 사람들이 머리 위로 손뼉을 쳤다. 구경을 온 광주 대단지 사람들은 그때마다 힘없는 박 수로 응대했다. 국회의원 후보의 연설이 끝나자 촌스러운 색 깔의 가발을 쓴 여자 가수가 트럭 위로 올라갔다. 그리고 넘 겨받은 확성기로 김추자의 유행곡 〈거짓말이야〉를 불렀다. 신이 난 동식이가 '거짓말이야'라고 부르는 후렴구를 큰 소 리로 따라 했다. 옆에서 지켜보던 어른들이 웃었고, 나도 살 짝 창피했지만 따라 웃었다.

그렇게 신나게 하루를 보내고 돌아온 다음 날, 나는 천막 안에서 오랜만에 늦잠을 잤다. 학교는 오후반이라서 늦게 일 어나도 되긴 했지만, 어머니는 그래도 항상 일찍 깨우곤 했 다. 어서 일어나라는 어머니의 채근 대신 나를 깨운 소리는 신경질에 가득 찬 듯한 목소리들이었다. 눈을 비비고 일어나 서 천막을 걷자 어머니와 진짜 아주머니와 다른 아주머니들 이 얘기하는 게 보였다. 그중 진짜 아주머니의 목소리가 제 일 컸다.

"아휴, 진짜로 못 살아. 갑자기 이런 고지서를 보내면 어쩌라고."

진짜 아주머니가 손에 든 종이를 흔들면서 소리쳤다. 팔짱을 낀 채 듣는 어머니의 손에도 종이가 삐죽 튀어나와 있었다. 다른 아주머니들의 손에도 종이가 한 장씩 들려 있었다. 어머니의 한숨이 이어졌다.

"아니, 선거할 때는 집도 지어 주고 공장도 만들어 주고 그런다더니 끝나자마자 바로 이런 고지서를 보내네요."

"누가 아니래. 보름 안에 대체 무슨 수로 집을 짓냐고, 진짜."

"땅값도 평당 2000원이 아니라 8000원이 넘잖아요. 이걸 보름 안에 어떻게 마련해요. 진짜."

어머니까지 진짜라는 말을 하면서 얘기하자 다른 아주머니들도 동조했다. 대충 들어 보니 나라에서 약속한 땅값보다 더 많은 땅값을 빨리 내라고 한 것 같았다. 어머니와 아주머니들 얘기를 들으면서 궁금해졌다.

"아니, 여기까지 들어와서 사는데 그런 큰돈이 있을 리 없잖아."

문제의 고지서라는 게 도시 전체에 돌았는지 분위기가 심상치 않았다. 어른들은 여기저기 모여서 분통을 터트리고 한숨을 쉬었다. 덕분에 나와 동식이는 학교를 빼먹을 수 있어서 신이 났다. 어른들의 웅성거림은 밤늦게까지 멈추지 않았다. 그리고 다음 날부터 무슨 무슨 대책위원회라는 게 세워졌다. 어른들은 땅값을 낮춰 달라는 시위를 하러 광주 대단지 안에 있는 서울시 성남 출장소에 몰려갔다. 시뻘건 글씨로 구호가 적힌 전단들이 낙엽처럼 날아다녔다. 그리고 청와대에 편지를 보낸다고 서명을 받으러 다녔다. 그들 중에는 사람들이 '권 위원'이라고 부르는, 구두 열 켤레를 닦던 이상한 아저씨도 들어 있었다. 그렇게 몇 달이 지나면서 분위기는 더없이 흉흉해졌다.

어른들이 서울로 가서 시위도 하고, 탄원서도 내 봤지만 아무 반응이 없었다. 거기다 서울시와 경기도에서 따로따로 보내는 세금 고지서가 하루가 멀다고 날아들었다. 결국 어른들은 8월 10일 모여서 대대적으로 시위를 하기로 했다. 그날, 서울 시장이 내려오는데 담판을 짓고 잘 안 되면 시위를 하기로 한 것이다. 전날, 대책위원회 사무실에 갔다가 돌아온 아버지가 고무장화를 벗으면서 한숨을 쉬었다.

"거, 시위라는 건 빨갱이들이나 하는 건 줄 알았는데 말이야."

"그래도 너무 앞에 나서지는 말아요."

어머니의 걱정스러운 말에 아버지는 알았다고 대답했다.

이튿날 해가 뜨자 사람들이 하나둘씩 성남 출장소 주변으로 모여들었다. 시위 참가자들은 가슴에 노란 리본을 매달기

로 했다. 그래서 초췌한 표정의 어른이건, 긴장한 표정의 청
년이건 모두 가슴팍에 노란 리본 하나씩을 붙였다. 나는 동
식이와 성남 출장소가 내려다보이는 뒷산에 올라가서 자리
를 잡았다. 그리고 모란시장에서 사 온 아폴로를 쪽쪽 빨아
먹었다. 새콤달콤한 맛을 음미하는데 어른들이 심각한 표정
으로 모여드는 게 보였다. '우리의 대변인 국회는 잠자는가?'
라는 현수막이 펼쳐졌다. 제복 차림의 경찰들도 제법 보였지
만 모여든 어른들에 비해서는 한 줌처럼 느껴졌다. 빈 아폴
로 빨대를 손가락으로 흔들면서 동식이에게 물었다.

"다들 화가 잔뜩 난 것처럼 보이네."

"열 받겠지. 약속한 거랑 다르잖아."

"우리보고는 맨날 약속 잘 지키라고 해놓고, 어른들은 왜
저렇게 약속을 안 지켜?"

"바퀴벌레라서 그렇대."

동식이의 엉뚱한 대답에 나는 고개를 갸웃거렸다.

"무슨 소리야?"

"아버지가 그러는데 우리는 바퀴벌레래. 그래서 약속을
안 지키고 발로 밟아 버려도 된다고 생각한대."

"그랬구나."

동식이의 얘기를 듣자 갑자기 모여든 어른들이 바퀴벌레
로 보였다. 바퀴벌레는 어둡고 축축한 곳에 숨어 살아야 하
고, 들키면 발로 밟히거나 돌로 찍혀야만 했다. 살아서 움직

이지만, 누구도 생명이라고는 생각하지 않는 바퀴벌레와 인간이 같은 대접을 받다니. 어른들이 화를 내는 이유를 알 거 같았다. 사람은 바퀴벌레가 아니니까 말이다. 그사이, 서울 시장이 오기로 한 11시가 되었는데도 아무도 오지 않았다. 어른들 사이에서 '우리를 무시한다'는 울분이 터져 나왔다. 분위기가 심상치 않아지자 경찰들이 바짝 긴장한 게 보였다. 마지막 남은 아폴로를 쪽쪽 빤 동식이가 하늘을 올려다봤다.

"어유, 저 먹구름 봐. 또 비가 올 모양이야."

그 말이 끝나기가 무섭게 비가 내렸다. 하지만 거센 빗줄기에도 사람들은 흩어지지 않았다. 대신, 여기저기서 대나무 살에 비닐을 씌운 싸구려 우산들이 펼쳐졌다. 그 와중에 어디에선가 고함이 터져 나왔고, 뒤이어 경찰 호루라기 소리가 들렸다.

"우와! 경찰하고 어른들이 싸우네."

내가 놀란 표정을 지으며 말하자, 동식이 역시 긴장한 표정으로 마른침을 삼켰다. 잠시 격렬한 싸움이 이어졌지만, 경찰 숫자가 너무 적었다. 결국 날아드는 돌멩이 세례를 이기지 못한 경찰들이 황급히 물러났다. 흥분한 어른들은 한 덩어리로 뭉쳐서 성남 출장소로 쳐들어갔다. 어른들이 몰려들어서 성남 출장소 앞에 세워진 관용 지프차를 밀어서 뒤집어 버렸다. 잠시 후 성남 출장소 안에서 불길이 확 치솟았다.

"어, 불난다."

나를 따라서 고개를 든 동식이가 말했다.

"어른들이 불 질렀나 보네."

불길이 더 거세게 치솟았다. 비가 내리고 있는데도 불길은 맹렬히 타올랐다. 사람들의 분노가 장작처럼 불을 지피는 것 같았다. 그사이 어른들은 큰길로 나와서 가설 탑 주변에 모여들었다. 그러고는 구호를 외쳤다.

"우리는 살고 싶다!"

"땅값을 낮춰 달라! 약속을 지켜 달라!"

"서울 시장은 즉각 와서 사과하라!"

울분에 가득 찬 구호들이 빗줄기 속에서 울려 퍼졌다. 소식이 퍼졌는지 사람들이 속속 가세했다. 성남 출장소 앞에서 처음 시위를 벌인 건 남자 어른들이었지만 몸뻬를 입은 아주머니들과 지팡이를 쥔 할머니와 할아버지, 그리고 우리 또래 아이들도 가세했다. 온갖 구호가 난무하는 가운데 성남 출장소의 불길은 더 거세졌다. 잠시 후 사이렌 소리와 함께 경찰차와 소방차, 그리고 트럭들이 도착했다. 그러자 사람들이 돌을 던지면서 길을 가로막았다. 트럭에서 방독면을 쓰고 방패를 든 전투경찰들이 내렸다. 수백 명은 되어 보였지만 성난 어른들을 막지는 못했다. 곧 '펑' 하는 소리와 함께 최루탄이 터졌다. 하지만 어른들은 물러서지 않고, 돌을 던졌다. 비가 내리는 하늘이 최루탄 연기와 날아가는 돌로 뒤덮였다. 방패로 벽을 친 경찰들이 최루탄을 쏴 대며 저항했지만 소용

없었다.

"와! 경찰들이 힘도 못 쓰고 물러나네."

"엄청나게 열 받았잖아. 지금 뭐가 보이겠어."

지켜보던 동식이의 말대로 땅을 준다는 말만 믿고 이곳에 들어왔던 사람들에게 남은 건 절망뿐이었다. 그런 절망은 최루탄이나 곤봉 같은 걸로는 막을 수 없었다. 잠시 대치하던 경찰들은 삽시간에 밀려났다. 그러자 흥분한 사람들이 더 거세게 구호를 외치면서 밀어붙였다. 구호를 들은 사람들이 마치 꽃을 보고 날아드는 벌떼처럼 모여들어서 마침내 큰길을 가득 메웠다. 그 와중에 아무것도 모르고 지나가던 트럭과 버스, 택시 들이 줄줄이 사람들 속에 파묻혀 버렸다. 정신없이 바라보는데 동식이가 갑자기 내 등짝을 쳤다.

"저기 봐. 저기!"

시위하는 군중들 사이에 마치 길 잃은 아이처럼 삼륜차 한 대가 덩그러니 서 있었다. 갑자기 늘어난 군중들 때문에 오도 가도 못하던 삼륜차는 길옆으로 나가려다가 핸들을 너무 급하게 꺾었는지 옆으로 넘어지고 말았다. 짐칸에 있던 노란 참외들이 우르르 쏟아졌다. 그러자 군중들이 벌떼처럼 몰려들어서 쏟아진 참외들을 집어먹었다. 갑자기 동식이가 말했다.

"우리도 가 보자."

"저길?"

ㅇ
ㄱ
ㅇ

놀란 내 물음에 동식이가 고개를 끄덕거렸다.

"우리도 한몫해야지. 성남 사람인데."

그러고는 뒤도 돌아보지 않고 뛰었다. 어리바리하던 나도 동식이를 따라 큰길로 내려갔다. 사실 이런저런 일들을 겪으면서 해도 해도 너무한다는 생각이 든 것도 사실이었다. 큰길로 내려가자 발목까지 빠지는 진흙 수렁 속에서 고함을 지르는 사람들의 핏발 선 눈이 보였다. 우리도 사람들을 따라서 구호를 외치고 하늘에 대고 주먹질을 했다. 자세히 보니 우리 또래 아이들도 적지 않았다. 여기저기 부서진 우산과 주인을 잃은 신발들이 나뒹굴고 있었다. 자욱한 최루탄 연기가 비 때문에 낮게 깔린 바람에 안개처럼 느물거렸다. 하늘 위로는 사람들의 분노가 담긴 돌멩이들이 날아갔다. 우리도 기분에 휩쓸려서 바닥의 돌을 집어다가 경찰들에게 던졌다. 경찰들은 방패로 날아오는 돌을 막으면서 천천히 뒤로 밀려났다.

그렇게 바닥의 돌을 던지다가 돌을 하나 집었는데 너무 가벼웠다. 자세히 살펴보니 돌이 아니라 참외였다. 겉에 진흙이 묻어 있어서 구별이 안 된 것이다. 동식이도 참외를 집었는지 어리둥절한 표정이었다. 서로 눈이 마주친 우리는 약속이나 한 듯 낄낄거렸다. 그러면서 손으로 진흙을 걷어 내고 참외를 씹어 먹었다. 흙이 씹혔지만 달콤한 참외의 즙이 목구멍을 적셨다. 그 와중에도 흥분한 사람들은 큰길 옆에

구두 열 켤레

071

있는 경찰서와 그 옆 주유소로 몰려갔다. 참외를 다 먹어 치운 나와 동식이도 사람들에게 쓸려서 파출소 쪽으로 걸어갔다. 그러다가 동식이가 갑자기 내 옆구리를 꾹 찔렀다.

"왜?"

"저기!"

동식이가 내 어깨 너머로 가리킨 곳에는 군중들에게 둘러싸인 270번 버스가 있었다. 버스 위에서는 셔츠를 입은 남자가 주먹을 불끈 쥔 채 구호를 외치는 중이었다. 주변 군중들은 버스에 올라탄 남자의 구호를 따라서 외쳤다. 동식이를 따라 그곳을 쳐다보던 나는 버스에 올라탄 남자의 정체를 알고 깜짝 놀랐다.

"권씨 아저씨네. 구두 열 켤레."

"맞아. 아빠 얘기로는 위원회 일에 별로 열성적이지 않다고 하더니 갑자기 사람이 달라졌네."

좀 더 가까이 가자 핏발 선 눈동자와 핏줄이 터져 버릴 것 같은 팔뚝이 보였다. 고래고래 소리를 지르는 모습이 어릴 적 어머니를 따라간 점집에서 봤던 무당 같았다. 한참을 소리를 지르며 연설을 하던 권씨 아저씨가 버스에서 훌쩍 뛰어내렸다. 그러고는 바닥에 떨어진 각목을 집어 들고 앞으로 나갔다. 옆으로 물러나서 길을 만들어 줬던 사람들이 권씨 아저씨 뒤를 따르며 구호를 외쳤다. 권씨 아저씨와 앞장선 무리가 사라진 뒤 나는 혀를 내둘렀다.

"얌전한 고양이가 부뚜막에 먼저 올라간다더니, 대체 무슨 일이야?"

"엄마가 그러는데 며칠 전부터 미친 듯이 집을 지었대."

"무슨 집?"

"자기 땅에 집을 지으면 세금을 안 낼 수 있다는 풍문을 들었나 봐. 셔츠 차림으로 시멘트 벽돌을 쌓고 지붕에 슬레이트 올린다고 난리였나 봐."

"그런데?"

내 물음에 동식이가 혀를 찼다.

"그래 봤자 뭐해. 세금 고지서가 그대로 날아왔는데."

"돈이 사람을 미치게 만든 거야?"

동식이는 내 물음에 대답하지 못했다. 사실 나도 돈이라는 게 뭔지 잘 몰랐다. 다만 없으면 굉장히 불편하고 자존심 상하고, 남들에게 무시당한다는 것쯤은 알고 있었다. 서울에서 한 시간 넘게 떨어진 이곳에 사람들이 온 것도 그 돈 때문이었고, 비가 퍼붓는 와중에 분노한 것도 바로 돈이 이유였다.

"가난한 건 죄가 아닌데."

쏟아지는 빗줄기와 격한 분노 사이에 서서 내뱉은 내 중얼거림에 동식이도 고개를 끄덕거렸다.

"맞아. 그런데 돈이 없으면 죄인이잖아."

"그럼 우린 대역 죄인이네."

"네! 이놈! 오랏줄을 받아라!"

이때까지만 해도 사극 드라마에서 나오는 대사를 주고받으며 낄낄거렸다. 그사이 서울 시장이 도착했다는 외침이 메아리처럼 들렸다.

이틀 후, 광주 대단지 사람들이 모여 있는 가운데 라디오에서는 양택식 서울 시장의 목소리가 흘러나왔다. 광주 대단지를 성남시로 승격하고, 주민들의 요구를 무조건 수용하겠다는 내용이었다. 조마조마하게 듣고 있던 사람들은 너 나 할 것 없이 끌어안고 만세를 불렀다. 동식이와 함께 듣고 있던 나 역시 기뻐서 펄쩍펄쩍 뛰었다. 흙과 먼지에 절어있는 천막 사이로 나온 사람들이 두 팔을 벌린 채 환호하고 있었다. 당일 오후에 도착한 서울 시장은 주민대표들로 나선 대책위원회 사람들과 회담을 열었다. 그리고 요구조건을 무조건 수용하고, 사과했다. 하지만 그 얘기를 듣고도 사람들은 긴가민가했다. 그러다가 서울 시장이 방송에서 공식적으로 얘기하자 그제야 안도하는 듯했다. 고장 난 석유풍로를 고치지 못해서 속상해하던 어머니도 이때만큼은 기뻐했다. 아버지도 두 팔을 높이 치켜들면서 외쳤다.

"이제 사람답게 살 수 있다고!"

그렇게 기쁨의 하루가 지난 후에 주변 사람들이 조용히 사라졌다. 경찰들이 주동자들을 은밀히 체포한 것이다. 그중에 권씨 아저씨도 포함되어 있었다. 서울 시장의 담화가 나온 다음 날, 출판사로 찾아온 형사에게 수갑이 채워진 채 끌려갔다고 했다. 우리는 권씨 아저씨의 부인과 아이들이 쓸쓸히 광주 대단지를 떠나는 뒷모습을 먼발치에서 바라봤다. 그것으로 사람들이 '광주 대단지 사건'이라고 부르는, 서울에서 쫓겨난 가난한 이들의 항쟁이 막을 내렸다.

항쟁의 기억은 빠르게 잊혔다. 아버지를 비롯한 사람들은 약속이나 한 듯 입을 다물었다. 어머니는 한시라도 빨리 이곳을 벗어나기 위해 열심히 부라더 미싱을 돌렸다. 나는 그러거나 말거나 절친이 된 동식이와 함께 산으로 놀러 다녔다. 고등학교에 입학할 무렵, 드디어 우리 가족은 광주를 벗어나게 되었다. 다시 서울로 가게 된 어머니의 표정은 더없이 홀가분했다. 나는 동식이와 눈물의 이별을 하고 이삿짐을 실은 삼륜차 화물칸에 올라탔다. 그리고 아주 오랜 시간이 지나고 나서야 다시 이곳으로 올 수 있었다. 부모님은 모두 돌아가시고, 이전의 광주는 흔적도 보이지 않았다. 단지, 길옆에 작은 표지판만이 그때의 아우성을 담아냈다.

경기도 성남시 수정구 보건소의 벽에 아주 작은 안내판이 서 있습니다. 바로 '8·10 성남(광주 대단지) 민권 운동'에 대한 안내판입니다. 너무 작고 낮아서 허리를 굽히고 봐야만 했습니다. 아직도 많은 사람이 이때의 일을 '광주 대단지 사건'이라고 부릅니다. 그렇게 많은 사람을 고통으로 몰아넣은 일에 마치 해프닝 같은 사건이라는 단어를 붙인 것은 여러모로 맞지 않습니다. 사람은 살면서 가난할 수도 있고 부유할 수도 있습니다. 부유하면 행복할 것이고 가난하면 불행한 것이죠. 가난한 사람에게 부족한 건 돈이 아니라 시간입니다. 남들보다 더 많은 시간 일을 해야만 겨우 남들만큼 돈을 벌 수 있기 때문이죠. 그래서 가난한 사람들은 어떻게든 도시에서 살려고 합니다. 그래야 조금이라도 시간을 줄일 수 있고, 돈을 벌 수 있는 기회를 얻을 수 있기 때문이죠. 하지만 도시의 다른 누군가에게 가난한 사람들은 반드시 치워 버려야 할 존재이기도 합니다. 그래서 1988년 서울올림픽 때 가난한 사람들이 사는 곳을 철거하거나 커다란 간판 같은 것으로 가려 버렸습니다. 사실 광주에서 벌어진 일에 비하면 해프닝에 가깝습니다.

불도저 시장이라는 별명으로 불린 김현옥 시장은 서울을 바꿔놓았다는 평가를 받을 정도로 많은 일을 했습니다. 그중에서 대표적인 것이 세운상가와 낙원빌딩 건설이었죠. 하지만 그의 눈에 빈민들은 몹시 거슬렸습니다. 도시의 미관을 해치는 존재들이라 생각했기 때문이죠. 그래서 그들을 도시 밖으로 밀어내기로 했습니다. 청계천과 서울역 근처에 사는 10여만 명의 빈민이 땅을 준다는 말을 믿고 경기도 광주로 향했습니다. 하지만 진짜로 땅만 있었습니다. 아무런 기반 시설이 없는 곳에 던져놓고 나 몰라라 한 것이죠. 결국 분노한 빈민들은 비가 퍼붓던 어느 날, 시위를 벌였습니다. 경찰도, 비바람도 그들의 분노를 막을 수 없었죠. 그래서 보기 드물게 서울시가 빠르게 사과하고 수습했습니다.

제가 쓴 단편은 제목에서 알 수 있듯 윤흥길 작가의 단편 〈아홉 켤레 구두로 남은 사내〉와 깊은 연관이 있습니다. 그 책에 등장하는 주인공 권씨가 왜 감옥에 가게 되었고, 가난하게 살게 되었는지를 보여 주고 있기 때문입니다. 실제로 단편을 읽고 현장을 가 봤습니다. 지금은 높은 아파트와 빌딩, 그리고 번화가로 변해 버려서 그때의 흔적은 정말 보건소의 안내판 하나 정도만 남았습니다. 그때의 가난한 이들은 과연 어디로 사라졌을까요? 다른 곳으로 가서 행복하게 잘 살았을까요? 고개를 들어도 끝이 보이지 않는 높은 아파트를 보면서 몰라보게 발전했다는 느낌과 함께 빌딩이 높아지면 그림자가 깊어질 수밖에 없다는 말이 떠오릅니다. 가난뱅이들의 항쟁은 사라진 시대가 되었지만 그러기 위해서 엄청나게 많은 희생이 따랐다는 점을 잊지 않으셨으면 합니다.

들꽃들의 함성

박경희

"난 죽고 싶지 않아! 아직 할 일이 많단 말이야."

소리치며 낮에 쓴 '혈서'를 꺼내려는 순간 몽둥이가 날아들었다. 시커먼 군홧발이 발목을 짓누른다. 후들거리는 다리를 움켜쥔 채 도망친다. 어디선가 진숙의 목소리가 들려온다. 꿈결처럼. 애절하게.

"언니, 안 돼! 옥상 끝이야!"

흠칫 놀라 곁눈질을 한다. 한 발자국만 더 움직이면 낭떠러지다. 피하려는 순간 검은 제복이 총으로 목을 겨눈다. 죽을지도 모른다는 예감이 스친다.

"공순이 주제에! 야학에서 공부는 하지 않고 데모질하는 것만 배웠냐?"

"무식한 공순이 년들이 빨갱이한테 물들어서. 날뛰는 꼴이라니. 세상 말세지."

늑대개들이 조롱과 야유를 퍼부으며 달려들었다. 몽둥이로 맞는 것보다 야유 섞인 말이 더 아팠다. 지긋지긋하다. 공순이라는 말. 응어리진 가슴에 비수를 꽂는 저들이 저주스러울 만큼 싫었다.

"공순이도 사람이다. 공순이로 살아갈 수 있게 폐업 철폐하라!"

목구멍에서 쓴 물이 나온다. 그런데도 외쳤다. 더는 짐승처럼 살 수 없기에. 온몸에 피가 터져도 끝까지 달려갈 것이다. 녹지학교에서 '나'의 존재에 대해 배우기 전까지는 몰랐다. 사장이라는 작자가, 노동자가 밤잠 설치며 가발 만들어 수출한 돈으로 해외에서 딴짓해도. 그저 먹여 주고 재워 주는 것만으로도 족했다. 밀린 월급도 언젠가는 주리라 믿었다. 하지만 끝내 사장은 경영 부실을 인정하지 않고, 폐업 신청을 했다. 더는 배부른 돼지를 용서할 수 없었다. 매달 내 월급만 기다리는 엄마와 남동생을 위해서라도 나서야 했다.

와글와글. 잠시 엄마 생각에 잠긴 사이, 하이에나들이 독 안에 든 쥐나 다름없는 나를 사정없이 후려쳤다. 온몸이 만신창이가 된 것 같다. 아프고 아팠다.

퍽.

퍽퍽.

"빨갱이 앞잡이 년! 너 같은 건, 사라져야 해!"

검은 구둣발이 나를 밀쳐 냈다. 벼랑 끝으로 하염없이 떨어지고 있다. 아련하다. 두 눈을 꼭 감았다. 시골집 담벼락에 핀 들꽃들이 핏빛으로 물들어 간다. 철로 변 민들레가 홀씨 되어 나풀거리고 있다. 엄마가 붉은 꽃밭에서 우는 듯 웃고 있다. 열다섯 살 때, 서울로 돈 벌러 떠나는 날 위해 손 흔들 어 주던 애처로운 눈빛 그대로.

"아가야, 서울은 눈 감고도 코 베어 가는 세상이랑게. 늘 조심하고잉."

떡 장수인 엄마의 말은 절절했다. 애써 웃지만, 눈가엔 새 벽이슬처럼 눈물이 그렁그렁하다.

"걱정하지 마. 서울에서는 광주보다 월급도 많이 주고 살 기 좋다니까. 곤이 학비는 내가 될 테니. 공부나 열심히 하라 고 해."

진심이었다. 여덟 살에 아버지가 돌아가시고부터 엄마는 마을마다 보따리를 이고 다니며 떡 장사를 했다. 떡값은 현 금이 아닌 곡물로 받을 때가 많았다. 엄마는 목이 빠져라, 발 품을 팔았지만, 우리 집은 늘 궁색했다. 결국 난 6학년 말부 터 '누에' 공장에 나가, 실 뽑는 일을 했다. 졸업하고는 양복 점 시다로 일했지만, 월급은 없었다. 기술을 가르쳐 준다는 명목으로. 기만이었다. 기술은커녕 식모살이나 마찬가지였 다. 할 수 없이 조금 더 큰 공장으로 옮겼다. 집에서 다니기 힘들어 쪽방을 월세로 얻었다. 하도급 공장이라 도급제를 핑계로 쥐꼬리만 한 월급마저 떼어먹었다.

　시다 노릇 백날 하면 뭐하나! 콩나물국도 맘대로 먹을 수 없는 형편인데. 이번 달 월세는 어떻게 내야 하나. 중학생이 된 친구들은 이런 내 모습을 상상도 못 하겠지. 부럽다.

　공장 일 마치고 쪽방에 오면, 퀴퀴한 냄새 속에서 일기를 썼다. 일기는 암울한 현실을 잊는 마취제였다. 어디를 둘러보아도 나갈 구멍이 보이지 않았다. 보다 못한 당숙이 서울의 일자리를 주선해 준다고 했을 때, 목놓아 울었다. 슬프면서도 한 줄기 희망이 보였기에.

　광주역 플랫폼에 들어서자 가슴이 두근거렸다. 기차를 처음 타는 터라 무섭고 떨렸다. 어리어리한 표정으로 사방을 둘러보았다. 여러 갈래의 철로 중 한 곳에 무더기로 핀 노란 민들레가 보였다. 척박한 땅에서 기를 쓰고 얼굴을 내미는 꽃이 안쓰러웠다. 왠지 내 모습을 보는 것 같았다.

　배웅 나온 엄마도 촌뜨기처럼 두리번거리는 건 매한가지였다.

　"아가, 배고플틴디. 이걸로 요기라도 혀. 찹쌀로 만든 것이라 든든할 것잉게."

　보따리에서 인절미 한 점을 꺼내 내 입에 넣어 주었다. 어미 새가 물어온 먹이를 받아먹으려는 제비 새끼처럼 입을 벌

리려는 순간, 깜짝 놀랐다. 여학생 몇몇이 웃고 떠들며 플랫
폼으로 나오는 게 아닌가! 걱정 근심 없는 해맑은 얼굴에, 꿈
속에서도 잊은 적 없는 교복 차림으로. 하얀 칼라 교복을 입
은 단짝 친구를 본 날, 동산에 올라 목놓아 울던 기억이 떠올
랐다. 가슴에 시베리아 바람이 불었다.

'광주 중학교에 간 동창들이 날 보면 어쩌지. 내가 서울로
공장 찾아가는 줄 알면?'

알 수 없는 부끄러움에 고개를 떨구었다. 목구멍에 인절미
가 걸려 캑캑거렸다. 놀란 엄마가 내 등을 쳐 주는데, 부아가
났다. 매몰차게 엄마 손을 밀쳐 냈다. 내 안에 쌓인 서러움이
폭발하는 순간이었다.

"나도 교복 입고 싶단 말이야. 기차 타고 돈 벌러 가는 게
아니라. 학교 다니고 싶다고. 내 맘 알아? 엄마."

울먹이며 대드는 딸 앞에서 엄마는 할 말을 잃은 듯 멍하
니 서 있었다.

치익폭. 칙폭.

서울로 떠나는 열차가 들어왔다. 옷 가방 하나와 주소를
적은 종이가 든 손가방을 들고 기차에 오르려는데, 엄마가
서걱거리는 목소리로 말했다.

"아가야, 못난 어미 만나서. 고생이다. 미안하데이."

"갈게요."

나는 엄마에게 짧게 인사말을 남긴 뒤, 열차에 몸을 실었

다. 열차가 떠나기 전까지 엄마는 내게 눈을 떼지 못했다. 후 줄근한 엄마의 옷차림을 보는 순간, 콧등이 찡했다. 지금껏 고생만 한 엄마 가슴에 비수를 꽂은 나 자신이 미웠다.

"돈 많이 벌어서 엄마 호강시켜 드릴게요."

창가에 대고 나지막이 한 말을 알아듣기라도 한 듯, 엄마 가 미소를 지었다. 철도 위 노란 민들레도 따라 웃었다. 처연 하게.

서울역은 상상했던 대로 번화했다. 태어나서 그토록 많은 사람은 처음 보았다. 모두가 분주해 보였다. 올라오는 내내 기차에서 잠을 잤지만, 멍하다. 당숙모가 적어 준 주소를 뚫 어져라 살폈다. 버스 번호를 들고 정거장을 찾았다. 버스며 택시 등 빵빵거리는 소리에 간이 콩알만 해졌다. 방향을 잡 기 힘들었다. 한참을 서서 사람들이 하는 행동을 살폈다. 간 신히 버스 정거장을 찾았다. 중학교는 못 갔지만 한글이라도 읽을 수 있는 게 다행이다 싶었다. 버스 노선표를 읽으며.

우여곡절 끝에 당숙모 집에 도착했다. 당숙모는 웃는 건 지, 우는 건지 알 수 없는 모호한 표정으로 나를 맞았다. 서울 에 사는 당숙모는 다를 줄 알았다. 부자는 아니어도 어느 정 도 갖추고 사는 도시인이라고. 상상일 뿐이었다. 허름한 집 에 많은 식구가 복닥거리며 사는 것을 보자, 절로 한숨이 나 왔다. 고모 집에서 딱 하루 머물고 하도급 공장 기숙사로 들어갔다. 기숙사라고 해 봤자 손바닥만 한 온돌방에 두셋이 함께 머무는 숙소다. 목욕탕도 없어, 세숫대야에 물을 받아 대충 씻어야 할 정도로 열악했다.

공장에 나가 일하고 와, 잠자기 전 고향에서부터 쓰던 누런 공책에 일기를 썼다. 책상도 없이 희미한 전등 밑에 엎드려 연필로 꾹꾹 눌러 내 마음을 표했다. 그 순간만큼은 두렵거나 외롭지 않았다. 보이지 않는 희망에 펌프질하는 시간이었다.

서울살이가 시작되었다. 당당히 취직도 했다. 잠잘 곳도 생겼다. 열심히 일하면 월급도 받을 것이다. 첫술에 배부를 수는 없다. 성공해서 고향 땅 밟을 날 기대하며 달리자.

서울에 와 처음 일한 공장은 운동복을 만드는 하도급 업체였다. 하도급 공장은 대기업에서 나오는 일이 있어야 가동된다. 천장에는 시커먼 거미줄이 그득하고, 미싱 열 대가 다닥다닥 붙어 옴짝달싹하기조차 힘든 곳이다. 그나마 재봉 대를 잡는 것은 기술자여야 가능하다. 직접 미싱 앞에 앉기까지는 하늘의 별처럼 멀고 먼 길이다. 기술자가 박은 제품에 붙은 실밥을 뜯거나 하자를 살핀 뒤, 상자에 정돈하는 것이 시다가 하는 일이다. 그나마도 6개월도 안 되어 하도급 일이 들어오지 않는다며 밀린 돈도 못 받고 내쫓겼다. 먹여 주고 재워 준 것만으로도 고마운 줄 알라는 말과 함께. 눈앞이 캄캄했다. 당장 갈 곳이 없다. 절대 고향으로 갈 수는 없다. 어디로 가야 할까?

"우리 같이 옆 공장에 가 보자. 담벼락에 시다 구한다는 광고 봤어."

같이 시다로 일하던 숙자가 던진 말이 그나마 위로가 되었다. 살 맞대고 자고, 먼지 나는 공장에 앉아 온갖 욕 들어가며 생긴 정 때문에 숙자가 좋았다. 동갑이라 통하는 게 많았다. 고향이 전라도인 것도 같고, 비루한 가정 사정도 비슷했다. 매정하고 무서운 서울이었지만, 숙자 덕분에 온기를 느낄 수 있었다.

"너는 고향에 내려가서 농사라도 지을 수 있잖아."

엄마, 아버지가 쌀농사로 먹고산다는 말이 생각나 넌지시 떠봤다. 실은 숙자가 떠날까 두려웠다. 숙자는 내 마음을 안다는 듯, 살며시 손을 잡으며 말했다.

"너나 나나 지금 고향 돌아가면 뭐 하냐. 다시 학교에 들어갈 수도 없고. 딴생각 말고 옆 공장이나 가 보자. 거기도 운동복 만드는 곳이라니까. 일은 수월할 거야."

다행히 취직은 어렵지 않았다. 적은 돈으로 많은 일을 부려 먹을 수 있는 시다라 가능한 일이다. 숙자와 한 공장에서 일할 수 있다는 것만으로도 힘이 났다. 공장 안에서는 서로 바빠, 수다 떨 시간조차 없지만, 다행히 숙소는 같았다. 같이

∘
∞
∞

먹고 마시고 잠을 자다 보니, 가족처럼 느껴졌다.

경험이 쌓이면 힘이 된다. 시다 일을 1년 정도 하다 보니, 능숙해졌다. 실밥은 눈 감고도 뗄 정도였다. 슬슬 재봉 일을 배우고 싶었다. 그러나 미싱공들은 쉽게 가르쳐 주지 않는다. 자기 밥그릇을 빼앗길까 두려운 것 같다. 나는 손으로는 실밥을 뜯지만, 눈으로는 기술자가 하는 일거수일투족을 살폈다. 바늘 꿰는 것에서부터, 손놀림과 발동작을 유심히 살폈다. 페달이 돌아가는 것을 볼 때마다 해 보고 싶은 욕구는 더욱더 컸다.

"반장님. 오늘 공장 청소 숙자하고 제가 할게요."

일부러 허드렛일을 자청했다. 밤 10시까지 잔업을 마치고 청소까지 끝낸 뒤, 미싱 앞에 앉았다. 직접 페달을 밟으면 흔적이 남을까 봐 눈으로만 살폈다. 그래도 뿌듯했다.

"숙자야, 우리도 빨리 기술 배우자. 그래야 월급도 제대로 받을 거 아냐. 우리 여기 들어온 지 두 달이나 됐는데, 한 푼도 못 받았잖아."

공장 문을 닫고 나오며 내가 속내를 드러내자, 숙자가 내 입을 틀어막았다.

"누가 들으면 어쩌려고 그래. 시간이 지나면 재봉 일도 가르쳐 준댔잖아. 조심해. 넌 너무 서두르는 것 같아. 청소한다는 핑계로 재봉 대에 앉은 거, 공장장이 알면 쫓겨나. 더는 갈 데도 없잖아."

숙자는 쫓겨날 게 두려운 나머지, 입술까지 떨었다. 가슴이 아팠다. 늦은 밤, 공장 문을 닫고 나오며 하늘을 올려다보았다. 캄캄했다. 내 처지를 닮은 것 같아 눈가가 뜨거워졌다.

숙소로 들어와 씻고 자리에 들 때까지 숙자는 입을 꾹 다문 채, 일부러 내 눈길을 피했다. 허허벌판에 홀로 선 느낌이었다.

앞으로는 숙자에게도 내 마음을 다 털어놓으면 안 되겠다. 괜히 친구를 근심에 젖게 하면 안 되니까. 엄마가 얼마나 궁금해하실까. 월급이라는 걸 받아야 소식 전하며, 한 푼이라도 보낼텐데. 그런 날 오겠지?

마음이 심란해, 엄마에게 편지를 쓰려고 했지만 단 한 줄도 못 썼다. 대신 몇 줄이나마 일기를 썼다. 일기장을 덮고 잠든 숙자의 얼굴을 보니, 괜히 콧등이 시리다.

야간작업하느라 몸이 녹초가 되고, 코피까지 터졌다. 건드리기만 하면 피가 나와, 코가 줄줄 흘러도 휴지를 대지 못했다. 화장실에 가 물로 살짝 씻고 나와 다시 작업을 했다. 그래도 희망의 끈을 놓지 않았다. 시간이 지나면 기술자도 되고, 월급도 받을 것이란 막연한 기대로 살았다. 꿈일 뿐이었다. 딱 3개월 시다 일을 하고 나자, 사장이 나와 숙자를 불렀다.

"그놈의 석유 파동이 우리한테까지 올 줄 누가 알았겠냐.

더는 먹여 주고 재워 줄 여력이 안 된다. 요즘 하도급 일도 없고. 그동안 한 일도 언제 돈 들어올지 몰라서. 야박하겠지만 할 수 없다."

월급이 아닌 차비라며 하얀 봉투를 하나씩 던졌다. 공장 문을 나서자마자 약속이나 한 듯, 숙자와 나는 봉투를 열어 보았다.

"3개월 월급이 만 원이다. 그래도 이게 어디냐. 우리 속옷 사러 가자."

"그러자. 빨간 내복 살 돈은 안 되고. 빤스라도 사자."

숙자와 나는 웃고 울며 재래시장으로 갔다. 3000원짜리 팬티 한 세트를 샀다. 붉은 노을을 닮은 빨간색으로. 뿌듯하면서도 슬픈 순간이었다.

"숙자야, 우리 오늘은 아무 생각 없이 맛있는 거 먹자. 족발 어때? 나 진짜 먹고 싶었어."

내가 호기롭게 말하자, 숙자도 덩달아 어깨를 들썩였다.

"그래. 애쓴 우리를 위해 실컷 먹자. 내가 낼게."

"뭔 소릴? 그 뭐라더라…. 더치페이…. 하자. 유식한 말로. 하하."

내 말에 숙자가 배꼽을 잡고 웃었다. 서울에 올라와 가장 배불리, 신나게, 먹고 떠든 날이다. 그런데 왜 자꾸 눈물이 나려는 거지. 참, 모를 일이다.

며칠 노숙이나 다름없는 생활을 했다. 공원 벤치나 공중

화장실에서 잠깐 눈을 붙인 뒤, 부지런히 일자리를 찾아다녔다. 시다 일은 많지만, 숙소가 제공되는 곳은 별로 없었다. 월세방 구할 돈도 없었다. 5원짜리 풀빵 하나로 허기를 채웠다. 얼큰한 라면 생각이 간절했다.

"한꺼번에 족발이며 어묵까지 배불리 먹은 대가 톡톡히 치르네. 이러다 길바닥에 쓰러져 죽는 거 아냐."

근심쟁이 숙자가 징징거렸다. 실은 나도 속으로는 걱정되었다.

"뭘 걱정해. 어딜 가나 수돗물은 공짜던데. 물로 배 채우면 한 달은 살 수 있어. 난 죽으면 안 돼. 동생이 나만 바라보고 있는걸. 내일은 일자리 구할 거야."

무너지지 않으려 애써 강한 척 허세를 부렸다. 안간힘이다.

불현듯, 운동복 공장 다닐 때 만난 아주머니 생각이 났다. 쉬는 날, 밥해 주던 아주머니는 날 억지로 교회로 이끌었는데, 친절했다. 싫다는 숙자를 끌고 예배당에 갔다. 예배보다는 공짜 밥을 얻어먹으러. 운명의 순간이었다. 숙자와 함께 점심을 먹으려는데, 아주머니와 딱 마주쳤다.

"달덩이 같던 얼굴이 왜 이케 홀쭉해졌어? 무슨 일 있니? 아직 일 못 구했나 보네."

귀신 같았다. 나는 고개를 끄덕이며 아주머니 얼굴을 바라보았다.

"하늘이 인도했나 보다. 딱 좋은 자리 있는데. 기다려 봐.

연락해 줄게."

아주머니는 다음 주일에 교회에서 만나자고 했다. 전화도 없고 연락할 방법이 그 길밖에 없던 터였다. 숙자는 자기도 소개해 달라고 읍소하듯 매달렸다.

다음 주에 아주머니를 만난 건, 내 삶 전체를 바꾸어 놓는 계기가 되었다.

"면목동에 있는 무역 회사야. 공장이 아니고. 그동안 고생했으니까 이제 제대로 된 회사에 들어가 일해야지. 이력서 쓸 줄 알지? 정성 들여서 써 와."

"숙자는요?"

나는 간절한 눈빛으로 아주머니를 바라보았다.

"한꺼번에 밀다 괜히 다 된 밥에 코 빠트릴까 봐. 조심스러워서 그래. 친구는 다음 기회를 보자고."

아주머니는 바쁘다며 급히 자리를 떴다. 숙자와 둘만 덩그러니 남았는데, 눈을 어디에 둬야 할지 몰랐다.

숙자의 풀 죽은 얼굴을 보니 나 혼자 좋은 회사로 가는 것이 미안했다. 불쑥 숙자에게 새끼손가락을 내밀었다.

"난 어떤 경우든 너와의 우정 변치 않을 거야. 취직되면 네 자리도 알아볼게. 약속."

숙자는 금세 환한 얼굴로 웃었다. 주머니에 남은 잔돈으로 풀빵을 사 먹은 뒤, 헤어졌다. 숙자의 뒷모습을 한참을 서서 바라보았다. 고향을 떠나올 때보다 더 서럽고 아쉬웠다. 숙자는 이튿날, 하도급 업체 시다 자리를 구했다. 그나마 다행이었다.

이력서를 넣은 지 일주일 만에 입사 통보를 받았다. 온 세상이 내 편이 된 듯 기뻤다. 약도를 따라 회사를 찾아가는 순간, 하늘 문을 향해 가는 기분이었다.

면목동에 있는 'YH무역' 회사는 겉으로 보기에도 근사했다. 공장이 아니라 회사라는 말이 실감 났다. 경비실에 신고를 마친 뒤 인사과에 갔다. 점잖게 생긴 담당과장이 여러 가지 절차를 밟은 뒤, 사원증을 건넸다.

'소속 일반봉제, 번호 600, 성명 김경숙' 증명사진까지 박힌 사원증을 받는 순간, 어찌나 떨리던지. 빳빳한 사원증을 열 번도 더 들여다보았다.

방장 언니의 안내를 따라 사람들과 인사를 나누었다. 작업장도 하도급 업체와는 차원이 달랐다. 그런데 쾌적한 분위기에서 일하는 직원들 얼굴이 로봇처럼 굳어 있었다. 의아했지만 깊이 생각할 겨를은 없었다. 교육장이라는 곳으로 안내를 한 방장 언니가 무심하게 툭, 말을 던졌다.

"신입 직원은 작업 교육 별도로 받아야 하니까 시간 잘 확인했다가 참석하면 되고."

방장 언니의 말에 의욕이 활활 타올랐다. 그토록 배우고 싶던 기술을 제대로 배울 기회가 닿다니. 특혜를 받는 것 같았다. 최고의 기술자가 되고 싶었다. 방장 언니는 식당 이용법이라든가, 기숙사 배정 등을 자세하게 알려 주고는 갔다. 들뜬 나와는 달리 방장 언니의 수심 가득한 얼굴이 마음에 걸렸지만, 예사로이 넘겼다.

시간이 날아가는 화살처럼 빨리 지나갔다. 옥상에 뉘엿뉘엿 땅거미가 내려와 앉았다. 피곤한 줄도 모르고, 기숙사 한 바퀴를 돌았다. 담벼락 밑에 핀 노란 민들레를 보자, 엄마를 만난 것처럼 반가웠다. 3년 동안 가 보지 못한 고향이 그리웠다.

저녁 식사를 마친 직원들이 벤치에 앉아 두런두런 이야기하는 모습이 꿈결 같았다. 하도급 업체를 전전할 때는 상상도 못 했던 풍경이다. 밥을 안 먹어도 든든했다. 배정받은 기숙사 방으로 들어왔다. 두 개의 침대와 화장대가 보였다. 옆방에서 두런거리는 소리가 들리는 걸로 보아, 베니어판으로 방을 나눈 것 같았다. 그래도 둘만의 공간이 주어진 것만으로도 족했다. 함께 방을 쓰는 직원이 아직 들어오지 않았다. 고즈넉한 적막이 감상적으로 만들었다. 비 내리는 밤처럼 무엇이든 쓰고 싶었다. 가방에서 공책을 꺼냈다. 일기 대신 편지를 쓰려니, 만감이 교차했다.

엄마, 이제 더는 제 걱정하지 마세요. 제가 취직한 곳은 수출을 많이 하기로 유명한 곳이에요. 공장이 아니라 주식회사예요.

가발을 만들어 수출하는 회산데 직원이 4000명이나 된답니다. 기숙사도 엄청 깨끗하고 좋아요. 식당에서 삼시 세끼 밥도 해 주고요. 열심히 일하면 '학교'도 보내 준다니. 꿈만 같아요. 그동안 코피 흘려 가며 일한 보람이 있는 것 같아요. 제가 곤이는 대학까지 꼭 보낼게요. 엄마, 만날 때까지 건강하세요.

"저녁 먹었어요?"

편지를 쓰느라 사람이 들어오는 걸 몰랐다.

"안녕하세요? 김경숙이라고 합니다. 잘 부탁해요."

신입답게 잔뜩 긴장한 목소리로 인사를 했다.

"전, 진숙이에요. 말 놓으세요. 열여섯 살이거든요. 여기 온 지 한 달밖에 안 된 초짜고요."

진숙은 나처럼 둥글둥글한 얼굴에 푸짐한 몸피도 비슷했다. 딱 부러지는 말투와 노루 눈처럼 검고 해맑은 눈동자가 예뻤다.

"새벽부터 일하려면 힘들 거예요. 특근도 많고. 얼른 쉬세요. 언니라고 불러도 되죠?"

언니라는 말에 온몸에 피가 도는 느낌이었다. 타지에서 만난 룸메이트가 선뜻 언니라 불러 주다니, 나도 진숙에게 잘해 주리라 다짐하며 자리에 누웠다. 생전 처음 침대에서 잠을 자 본 날이기도 하다. 비좁고 삐걱거리는 싸구려일지언정 새로웠다. 신분 상승을 한 느낌이랄까. 아무튼 구름 위를 걸는 듯한, 첫 출근날의 잊을 수 없는 설렘이었다.

　어느덧, 일 시작한 지 6개월이 지났다. 마음의 풍선에서 바람이 솔솔 빠져나가는 느낌이 들었다. 노동자들의 표정이 왜 그리도 무겁고 어두웠는지 조금씩 이해가 되었다. 그만큼 일이 고되었다. 환경은 바뀌었지만, 시다 일은 같았다. 운동복이나 속옷에서 가발을 만드는 것으로 바뀌었을 뿐. 숙련공이 많은 만큼, 시다가 해야 할 일도 많았다. 허리 한 번 펴기 힘들 정도로 바빴다. 화장실도 눈치 보며 교대로 다녀오곤 했다.

　"하도급 업체서 일해 봤다며? 그렇게 손이 느려서 어떻게 보조를 맞춰?"

　기능공인 언니가 타박을 줬다. 매일 수출 분량을 못 채우면, 임직원들이 달달 볶기 때문에 어쩔 수 없다며. 매일 특근이었다. 저녁 먹고도 네 시간 정도 잔업을 하고 나면 배가 등에 걸렸다. 그런데도 야식 한 번 나오지 않았다. 라면땅으로 허기를 때운 뒤 잠을 잘 때가 많았다. 새벽이면 속이 아팠지만 배고픈 건 참을 수 없었다.

　파김치가 되어 숙소로 들어오자, 진숙이가 어지럽다며 누웠다. 어린 나이에 극심한 노동에 시달리는 것이 안쓰러웠다.

　"눈치 봐 가며 쉬엄쉬엄하지. 무리해서 몸 버리면 어쩌려고 그래."

"내가 늦으면 모두 일손을 놓아야 하잖아요. 도미노 현상. 반장 언니 불호령에 숨도 못 쉴 것 같아요."

진숙의 말은 현실이었다. 불현듯, 방장 언니가 완제품을 만들며 지나가는 말로 했던 말이 생각났다.

"큰 회사라고 들어왔더니, 완전 빈껍데기에 빛 좋은 개살구라니까. 이렇게 죽도록 일은 시키면서 월급은 하도급 업체와 다를 바 없고. 야근에 특근 밥 먹듯 해도 수당도 없잖아. 사장은 수출해서 번 돈으로 재투자는커녕, 해외에서 호화 생활한다는 소리가 들리니 원. 이대로는 안 될 것 같아."

큰 회사 들어왔다고 얼마나 설렜던가! 방장 언니의 말은 희망의 불꽃에 찬물을 끼얹는 것이나 다름없었다. 그저 방장 언니만의 불만일 거라 믿고 싶었다.

힘든 작업에도 견딜 수 있었던 것은 월급봉투였다. 600번이라고 적힌 봉투에 적힌 1만 9800원이라는 숫자는 마법이었다. 기능공들보다 훨씬 적은 돈이지만, 꼬박꼬박 월급을 받을 수 있다는 것만으로 족했다. 가발 만드는 법도 배우는 중이니, 언젠가는 기능공도 되고 월급도 오를 것 아닌가. 쨍 하고 해 뜰 날 기대하며, 한눈팔지 않고 일했다. 다행히 진숙도 나와 생각이 같았다. 진숙과 어울릴 때마다 숙자 생각이 났다. 내 코가 석 자라 취직 부탁할 겨를이 없는 것이 미안해서 연락조차 할 수 없었다.

쉬는 주말이면 진숙과 시내에 나가 극장에서 영화 한 편을 보며 걱정과 근심을 조금이나마 덜었다.

"언니, 내가 이거 야메로 구한 건데. 오늘 사용해 보자."

진숙이 내민 것은 놀랍게도 학생 토큰과 회수권이었다.

"난, 내 또래들이 교복 입고 회수권 내는 것 보면, 가슴이 텅 빈 것 같아. 우린 버스비 어른값 내잖아. 공평하지 않아. 회사 앞 구두수선집에서 샀어. 웃돈 조금 얹어 주면 팔더라고. 학교 못 다니는 것도 억울한데, 차비 갖고 차별하냐고."

진숙이 내미는 학생 토큰을 보자, 콧등이 찡했다. 내 속을 들여다보는 것 같았다. 나도 또래가 학생 토큰 낼 때 일반 토큰 내는 것이 속상할 때가 많았다.

"그래. 우리 오늘은 학생이 되어 보는 거야!"

면목동에서 청량리까지 가는 버스를 탔다. 가방을 멘 안내원에게 진숙은 학생 토큰을 내고 나는 대학생들이 쓰는 회수권을 냈다. 일부러 안내원과 눈을 마주치지 않으려 애쓰며.

손님이 별로 많지 않아 자리를 잡으러 뒤로 가려는데, 버스 운전사가 큰소리로 외쳤다.

"저기, 아가씨. 회수권 내던데. 대학생 맞아요? 공순이 같은데."

도둑질하다 들킨 것처럼 심장이 벌렁거렸다. 모든 사람이 날 쳐다보는 것 같았다. 얼굴이 후끈거리고 다리에 맥이 풀렸다. 내 팔을 잡은 진숙도 바들바들 떨고 있었다.

"얼굴만 보고 공순이라고 말하는 건 무슨 경우세요?"

'공순이'라는 말에 치가 떨렸다. 버스표 한 장으로 사람 차별하는 세상이 너무 싫었다. 더 솔직히 말하면 창피해서 당장이라도 도망치고 싶었다.

"떳떳하면 학생증 보여 주면 될 거 아냐!"

아저씨도 세게 나왔다. 회수권을 받은 안내양이 되레 안절부절못했다. 동병상련일까.

손님들의 시선이 일제히 나에게 쏠렸다. 동물원 원숭이가 되는 건 순간이었다.

"언니, 그냥 내리자."

진숙이 내 손을 잡아끌자, 안내양이 살며시 문을 열어 줬다. 내게 토큰과 회수권을 살며시 쥐여 준 뒤, 탕탕하며 버스 문을 쳤다. 우리가 내린 뒤 버스는 유유히 떠나갔다.

휘발유 냄새 풍기며 떠나는 버스를 하염없이 쳐다보았다. 서러움에 목울대가 울렁거렸다. 진숙의 눈가도 벌겋게 물들어 갔다.

"진숙아, 얼른 다른 버스 타자. 배추벌레는 배춧잎 먹고 살아야제. 이거 다시 일반 토큰으로 바꿔."

영화관에 들어가서도 멍청히 앉아 있기만 했다. 서럽고 아팠다. 상처 난 가슴에 소금이 뿌려진 것처럼.

정부에서 '산업체 학교'를 설립하면 면세도 해 주고 대출 등 여러 가지 특혜를 준다는 보도가 연일 나왔다. '낮에는 일하고 밤에는 공부하는 학생'들에게 졸업장을 준다는 말에 가슴이 설렜다. 그즈음 전국적으로 노조가 생겼다. YH무역 노동자들도 활발하게 움직이기 시작했다. 노조 활동이 활발해지면서 우리 회사에도 '녹지중학교'가 생겼다. 도시산업선교회에서 대학생들이 봉사 차원으로 수업을 해 주기도 했다.

오랜 꿈이 이뤄지는 것 같아 밤잠을 설쳤다. 스무 살에 중학교 1학년이 되었다. 59명의 학생 중에 가장 나이가 많았다. 부끄럽지 않았다. 오히려 솔선수범해서 맏언니 노릇을 했다. 낮에 일하고 진숙과 함께 야간학교에 갈 때마다 콧노래가 절로 나왔다. 가슴 깊은 곳에 맺힌 한이 풀리는 순간이었다.

'앎'은 알수록 모르는 것투성이였다. 그래서 더 많이 책을 읽었다. 신문 사설도 읽고 스크랩 했다. 시험을 대비해 교과서를 외울 정도로 파고들었다. 야근과 특근하느라 늦어도 학교는 빠지지 않았다. 내게 공부는 미래를 위한 백지수표나 다름없었다. 대학까지 갈 생각으로 코피 쏟으며 공부에 매진했다.

일하고 공부하느라 정신없는 나날이었다. 그러던 어느 날 방장 언니가 내게 노조에 가입하면 좋겠다고 제안했다.

"노조 가입은 남을 위한 것이 아니라, 경숙이 바로 너를 위한 것이야. 우리의 권리가 얼마나 많이 사주들에 의해 빼앗기는 줄 모르고 일해 왔던 거야. 일단 노조 가입하고. 제대로 한번 공부해 봐."

방장 언니를 따라간 곳은 '도시산업선교회'라는 곳이었다. 그곳은 교회였지만 노동자들의 권익에 지대한 관심을 두고 앞장서는 분들이 많았다. 운동권들이 위장 취업으로 우리 앞에 나서고 있다는 것도 처음 알았다.

　'왜 노동운동을 해야 하는가?'

　전태일 열사의 일대기를 그린 짧은 영상이 끝난 뒤, 선교회 간사라는 남자의 강의가 시작되었다. 그때까지 나는 '전. 태. 일'이라는 이름조차 들어 본 적이 없었다. 열악한 환경 속에서 노예처럼 일하다 죽은 전태일의 삶은 바로 내 삶이었다. 열네 살부터 스무 살이 될 때까지 공장을 전전하며, 풀빵 한 조각으로 하루를 연명한 적도 있고, 이름 대신 600번으로 불리고, 세상 사람들이 '공순이'라고 아무렇지 않게 부를 때마다 모멸감을 느끼던 나날들. 따뜻하면 졸음 때문에 작업량이 줄어든다는 이유로 한겨울에도 작업장 창문을 활짝 열어 놓는 사주들의 횡포, 밤에 학교 다니게 해 준다는 조건으로, 더 많은 야근과 특근을 시키던 일들이 주마등처럼 스쳤다.

　그동안 얼마나 무지하게 살아왔는지 알았기에, 노조 활동이며 학습에 빠짐없이 참석했다. 알수록 힘이 생겼다. 가만히 앉아 이대로 노예처럼 살 수는 없다는 생각이 들었다. 내가 야간학교에 나가 공부하는 목적이 바뀐 순간이었다. 단지 대학 졸업장을 따기 위해서가 아니라, 인간답게 살 수 있는 길을 찾아야 한다는 것을 알았다. 그 마음으로 노조 간부직까지 맡았다. '대의원회의에서 토론하고 교육에 참여하면서 한국 사회에서 노동자가 처한 구조적 모순'에 대해 알게 되었다. 현실에 눈을 뜬 셈이다.

몸이 열 개라도 부족할 만큼 바빴다. 진숙도 마찬가지였다. 어느 날, 모처럼 쉬며 휴게실에 있는 텔레비전을 보았다. 동물에 관한 다큐멘터리 방송이었는데, 늘 소의 귓등에 붙어서 피를 빨아 먹고 사는 '등에'에 대한 영상을 보는데 소름이 끼쳤다.

고향에서 많이 본 풍경인데, 남의 일처럼 보이지 않았다.

저녁때가 되면 어디를 가나 굴뚝에서 연기가 모락모락 피어올랐다. 주민들은 주로 농사를 지었지만, 형편이 나은 집에서는 소를 키웠다. 어렸을 적 내 소망은 황소 한 마리라도 키우는 것이었다.

"소한테 가까이 가지 마라. 등에가 옮을지도 모르니께."

어른들은 귀에 못이 박히도록 이 말을 했다. 등에는 소 귓속이나 등허리에 찰싹 달라붙어서 피를 빨아먹고 사는 놈이다. 나는 두 눈으로 확인해 보고 싶었다. 애들과 같이 부잣집 외양간으로 갔다. 어른들은 모두 일을 나가고 없었다. 송아지한테 다가가서 귀와 엉덩이를 살펴보았다. 송아지는 가려운지 연신 귀를 움직이더니 고개를 들어 소리를 지르기도 했다. 하지만 등에는 꼼짝도 안 했다.

"남의 피만 빨아먹는 나쁜 놈들!"

아이들이 눈살을 찌푸리며 송아지 등을 나뭇가지로 후려 쳤다. 그럴수록 등에는 더 찰싹 달라붙는 것 같았다. 어떤 아이가 등에를 손으로 떼어 내 땅바닥에다 내던졌다. 아이들이 땅에 떨어진 등에를 나뭇가지로 꾹꾹 누르고 뒤집어 보기도 했다. 가슴에 흡반 같은 다리가 있었다. 꼬물거리며 움직였다. 징그러웠다. 등에가 피를 다 빨아먹어서 결국은 송아지가 죽고 만다는 어른들 얘기가 실감 났다.

노동자 피를 빨아먹고 사는 사주가 등에와 다를 게 뭐란 말인가!

'얄팍한 월급봉투 하나 받는 것만 감사하며 악덕 사주 등에의 배를 불리게 한 것 또한 나처럼 무지한 노동자들이다. 이제 더는 바보처럼 살지 않을 거야.'

짤막한 영상을 본 후, 노조 활동을 더 열심히 해야겠다는 생각이 들었다. 당연한 나의 권리를 찾는 일이라는 확신이 생겼기 때문이다.

그날, 침대에 누우려는데 진숙이 조심스럽게 말을 건넸다.

"내가 언니 처음 볼 때보다 참 많이 변했어. 겉으로 보기엔 소심해 보이는데. 요즘 노조 임원 맡아 일하는 거 보면서 놀랐어. 여장부 같아. 때론 언니가 다른 사람 같다니까."

"맞는 말이야. 나도 노동자에 관해 공부하기 전까지는 몰랐거든. 그저 월급 제때 받는 것만으로도 감사했지. 최저 임금에도 못 미치는 거고. 수당도 한 푼 못 받고 야근에 특근까지 하면서 말이야. 무지해서 몰랐던 것을 많은 사람에게 깨우치고 싶어. 아는 것이 힘이라는 말. 진리 맞아."

"언니는 책도 많이 읽고 매일 일기도 쓰더니. 말도 잘해. 논리적으로. 암튼 난 언니가 하는 일이라면 무엇이든 따를 거야."

"진숙아, 고마워. 우리 열심히 공부해서 고등학교도 같이 가자. 공순이로 머물 수는 없잖아. 버스표 때문에 받은 수모. 더는 받지 말자고. 기회는 준비된 자만이 가질 수 있다잖아."

이때만 해도 적지만 월급은 빼놓지 않고 나오던 때였다. 회사가 위장폐업이라는 카드로 노동자를 길거리로 내몰 줄은 꿈에도 몰랐다.

여덟 살에 돌아가신 아버지 기일이 다가왔다. 지난 3년간 한 번도 가 보지 못한 고향이라 꼭 가고 싶었다. 아꼈던 휴가를 이용하기로 마음먹었다. 이튿날 고향에 갈 가방을 챙기는데, 진숙이 건빵 봉지를 건넸다.

"이거 어머니와 동생에게 전해 줘. 얼굴은 보지 못했지만, 언니 가족은 남 같지 않아서. 용돈도 조금 넣었어."

진숙이 하얀 봉투 두 개를 건넸다. 생각도 못 한 일이라 어리둥절했다.

"고맙다. 엄마와 동생이 정말 좋아하겠다. 나도 더 많이 챙겨 줄게. 앞으로."

"언니는 이미 내게 너무 많은 걸 주고 있는데 뭘."

진숙의 배웅을 받으며, 서울역에 들어서자 만감이 교차했다. 양손에 든 가방 속에는 빨간 팬티 세트도 들어 있었다. 불현듯 숙자가 보고 싶었다. 전화 연락도 할 수 없는 상황이라 답답했다. 편지를 써야겠다고 생각하며, 고향으로 가는 열차에 몸을 실었다.

새벽 기차를 탔지만, 시골 마을에 도착하니 어두웠다. 가난하지만 평화로운 분위기는 여전했다. 언덕 위 쓰러져 가는 파란 슬래브 지붕이 보였다. 가슴이 뛰었다. 낡고 허름한 사립문을 열자, 기름 냄새가 진동했다. 부엌에서 지짐질하던 엄마가 버선발로 뛰어나왔다. 엄마는 감격한 얼굴로 내 손을 잡으며 말했다.

"가시나, 말도 없이 나타났네. 아버지 기일도 기억하고. 징하고만."

"엄마. 곤이는 아직 안 왔나 봐"

"오늘 막차 타고 올 기야. 니 덕분에 읍내 학교 잘 댕기고 있당게."

파파 할머니 같은 엄마의 얼굴을 보니 가슴이 쓰렸다. 그래도 엄마 얼굴을 보는 것만으로도 숨통이 트이는 것 같다.

퀴퀴한 냄새 나는 방으로 들어와 옷을 갈아입었다. 엄마를 도우려 부엌으로 들어섰다. 엄마는 힘든데 쉬라며 극구 말렸다. 할 수 없이 마루에 앉아 손바닥만 한 마당을 살폈다. 맨드라미며 봉숭아가 제멋대로 자랐다. 어릴 때 본 풍경 그대로라 정겹고 행복했다.

"아이쿠야! 서울 간 딸내미 왔다며. 효녀 얼굴 좀 보러 왔당게."

아랫동네 아주머니 두 분이 검은 봉지를 하나씩 들고 사립문 안으로 들어섰다.

엄마가 떡 장사하러 나간 사이, 나와 동생에게 식은 밥이나마 나눠 주던 분들이다. 아버지 기일이라고 빈손으로 오지 않고 봉지에 달걀 몇 알이라도 들고 온 정은 여전했다.

나는 인사를 드린 뒤, 방으로 들어와 가방에서 사탕 봉지를 꺼내 들고나왔다.

"드릴 게 별로 없네요. 서울서 사 온 왕사탕이에요. 심심하실 때 드세요."

"엄마한테 드릴 선물을 우리까정. 눈물겹고만. 서울 사탕 맛은 더 맛있당게. 숙이가 완전 아가씨가 됐고만. 달덩이처럼 얼굴도 훤하고. 서울에서 핵교도 댕긴다며? 일해서 돈도 벌고 공부도 한다고 엄마가 어찌나 자랑하던지. 숙이가 서울 가 출세했당게 좋구먼."

아주머니 둘은 연신 나를 추켜올렸다. 엄마가 어깨를 들썩이며 흐뭇한 미소를 지었다. 절로 기분이 좋았다. 정말 내가 출세한 기분이었다.

"어, 누나 왔네."

그토록 보고 싶던 동생이 왔다. 교복 입은 동생의 모습이 멋져 보였다. 뿌듯하면서도 목젖이 시큰거렸다. 서울에서 고생한 보람을 느꼈다.

곤이와 인사하는 사이, 아주머니들은 가시고 밤이 깊었다.

모처럼 엄마와 동생 그리고 나까지 아버지 제사를 지내고 나니 자정이 넘었다.

"고맙당게. 엄마는 더 바랄 것이 없구먼. 아버지도 오늘 정말 기쁘셨을 거랑게. 숙이 네 고생하는 것 다 안다. 덕분에 곤이가 공부 잘하는 거 보면, 눈물겹당게."

엄마는 제사상을 물리면서도 연신 고맙다고 했다. 동생은 겸연쩍은 표정일 뿐, 아무 말도 없었다. 나이 차이도 많고, 오래 떨어져 있어선지 어색한 것 같았다. 꼭 말이 필요한 것은 아니다. 셋이 앉아 제사 음식을 먹는 것만으로도 세상에 부러울 게 없었다.

늦은 밤이지만, 가방을 풀러 준비한 엄마의 속옷이며 봉투를 꺼내 건넸다. 동생에게도 겨울 잠바와 용돈을 주었다.

"저와 같은 방 쓰는 진숙이라는 동생이 준 용돈 봉투고요. 이건 내가 따로 준비한 거예요. 곤이도 걱정하지 말고 공부만 해. 누나가 뼈가 부러지는 한이 있어도 대학까지 보낼 테니까."

"고맙당게. 이렇게 보도 못 한 처자가 준 돈까지 받아도 될까 모르겠구면. 모다 니가 갚아야 할 빚이제?"

"누나! 미안해. 이다음에 내가 꼭 갚을게."

그동안 밀린 이야기를 하느라, 새벽 미명이 다가오는 줄도 몰랐다. 다음 날 아침, 제사 음식에 밥과 국을 더 끓여 온 동네 어르신들 한 끼 음식 대접까지 하면서도 전혀 피곤치 않았다.

"그동안 동네잔치며 생신 등 다니며 얻어먹기만 했는데, 딸이 와서 따뜻하게 밥해서 어르신들 대접하니 좋구먼요. 맛있게 드시랑게요."

엄마가 감격스럽게 말하자, 동네 어르신들이 고개를 주억거리며 동조해 주셨다.

엄마가 기뻐하시는 모습을 보니, 휴가 내서 내려오길 잘했다 싶었다. 설거지를 끝낸 뒤, 동네 어르신들의 진심 어린 사랑과 응원을 받으며, 기차역을 향해 달렸다. 열네 살 어린 나이에 서울행 기차를 기다릴 때와는 사뭇 달랐다. 키가 자란 만큼 마음 밭도 단단해진 느낌이다.

고향 집에서 받은 환대를 생각하니, 절로 미소가 나왔다. 무엇보다 엄마가 동네 사람들 앞에서 행복해하던 모습이 좋았다. 이런저런 생각을 하며 기차를 기다리는데, 철로에 핀 노란 민들레가 눈에 띄었다.

'돌 틈을 뚫고 나온 민들레야! 나도 너처럼 끝까지 버틸

게.'

    고향에서 받은 에너지로 한동안 먹지 않아도 배가 불렀다. 힘차게 일하며 학교에 다녔다. 공부는 어렵지만 재밌었다. 노조 활동도 열심히 했다. 도시산업선교회에서 하는 학습에도 빠짐없이 나갔다. 무지의 벽을 깨고 새 세상을 만나는 기쁨은 컸다. 활동가는 대부분 대학생이었다. 나보다 나이가 어리거나 동갑일 경우가 많았지만, 난 그들을 기꺼이 선생님이라 불렀다. 어릴 땐 교복 입은 또래를 만나는 것 자체가 싫었다. 자신이 한없이 작아 보였고 열패감에 시달렸기에. 지금은 달랐다. 언젠가는 나도 대학생이 될 수 있다는 희망이 있기에. 무엇보다 스스럼없이 대해 주는 그들에게 배우는 것이 많았다. 알을 깨고 나와야만 세상을 바로 볼 수 있다는 것을 깨우쳐 준 스승이다.

    작업장 분위기가 예전보다 훨씬 무거웠다. 상사들의 잔소리가 심해졌고, 일거수일투족을 감시했다. 석유 파동을 핑계로 월급을 주지 않을 때도 있었다. 연말에 준다는 말을 믿을 뿐, 달리 방법이 없었다. 노조를 통해, 우리 회사가 다른 곳에 비해 월급이 많지 않다는 것을 알았다. 거기다 사장이 수출해서 번 돈을 해운업 등 다른 곳에 투자해서 적자를 엄청나게 보고 있다는 소문도 들었다. 그런데도 회사를 옮길 생각은 못 했다. 일하며 공부할 수 있는 직장을 찾기 힘들기 때문이다. 야학 중학교라도 제대로 공부하는 것이 우선이었다. 부당한 대우를 받아도 참는 이유였다.

수주 작업을 마치느라, 화장실 가는 횟수조차 줄이며 열심히 일했다. 어느새 땅거미가 지기 시작했고, 학교 갈 채비를 했다. 그런데 작업반장이 불렀다.

"어이 600번! 오늘 야근이야! 방금 오다가 떨어졌다고."

"저녁에 학교 나가야 하는데요. 내일 최대한 수주 맞추도록 할게요."

가방을 챙기며 하는 말에, 반장이 고함을 질렀다.

"야, 600번. 노조 임원 됐다더니. 많이 변했구먼. 일이 먼저지. 학교 때문에 야근 못 한다고? 그것도 두 눈 똑바로 뜨고 또박또박 대답하는 건 어디서 배운 거야? 요즘 위장 취업자들이 노조 선동질하고 빨갱이 의식 심어 준다더니, 사실이구먼."

기가 막혔다. 당연한 권리를 말했을 뿐인데 빨갱이라니. 무엇보다 이름 대신 600번이라고 부르는 것도 불쾌했다. 처음에는 이름 대신 번호를 부르는 것에 거부 반응이 없었다. 누구나 번호로 통하는 세상이었으므로. 하지만 인권 강의를 들은 뒤로는 편치 않았다. 몇 번 항의했지만 소용없었다. 작업반장에게는 무슨 말을 해도 통하지 않는다. 벽창호다. 나는 무심한 척 가방을 들고 나왔다.

"완전 개무시네. 600번 네가 얼마나 잘났는지 모르지만, 밥통 줄 끊어져도 지금처럼 뻿뻿할지 두고 보자고. 노조 활동하더니 모두 빨갱이 놈들에게 물들어서 제멋대로라니까. 사장님은 폐업 신청한다고 난린데. 아무것도 모르고 망둥이처럼 뛰는 꼴이라니."

'폐업'이라는 말이 송곳처럼 가슴을 찔렀다. 만약 회사가 문을 닫는다면? 고향 집에 갔을 때 느꼈던 안정과 평화가 와르르 무너져 내릴 것 같아 두려웠다. '한 달 벌어 한 달 사는' 삶이라 저축해 놓은 돈도 없는데, 일자리를 잃는 건, 삶 자체가 멈춘다는 것을 말한다. 몇 달째 제대로 월급이 나오지 않는 걸 보면, 괜히 협박하는 말은 아닌 듯싶다.

돌멩이가 매달린 것처럼 답답한 가슴으로 학교에 도착했다. 부서가 다른 진숙이는 요즘 자주 결석을 한다. 기숙사에서 만나도 서로 피곤해서 잠자느라 대화를 나눌 시간조차 없다. 진숙뿐 아니라, 녹지학교 학생 절반 정도가 결석했다.

"요즘 회사 분위기가 예사롭지 않다면서요? 하늘이 무너져도 솟아날 구멍은 있다잖아요. 흔들리지 말고 자기 몫만 열심히 하세요. 재투자는 안 하고 방만하게 사업을 넓히느라 폐업한다면, 법적으로 문제가 있는 겁니다. 그냥 앉아서 당할 수만은 없는 거지요. 이럴 때일수록 노동자들이 한마음으로 뭉쳐야 합니다."

녹지학교 선생님 중에는 활동가가 많았다. 선생님이 대책을 이야기하는 것을 보면 벌써 회사 분위기를 읽고 있는 것 같았다. 노조 모임에서 누구이 들은 이야기이기도 했다. 예전에는 회사가 문을 닫으면, 아무 말도 못 하고 쫓겨나는 줄 알았다. 하지만 노동자에게도 권리가 있다는 것을 안 이상 물러설 수는 없다. 부당하게 폐업할 경우 끝까지 싸워야 한다.

낮부터 지끈거리던 머리가 더 아팠다. 따끈한 온돌방에 눕고 싶은 생각이 굴뚝 같았다. 온몸이 욱신거렸다. 집중하려 해도 눈이 절로 감겼다. 주르륵. 갑자기 시뻘건 코피가 흘러내렸다. 휴지가 없어 손등으로 훔치다 선생님과 눈이 마주쳤다.

"너무 무리했나 봐요. 어서 코피 닦고, 오늘은 일찍 기숙사로 들어가세요."

대학생 선생님은 허둥대며 휴지를 건넨 뒤, 조퇴를 권유했다. 처음 있는 일이다. 몸도 힘들지만 마음의 근심이 병을 불러일으킨 것 같다.

서둘러 기숙사에 들어왔더니, 진숙이 씻고 나왔다.

"어머, 언니 얼굴이 왜 그래? 완전 백지장이네. 어디 아파?"

"몸살이 났나 봐."

"그동안 많이 무리했지, 뭐. 실은 나도 지금 몸이 천근만근이야. 매일 야근이니 견딜 수가 없네."

"나도 야근하라는 걸 어기고 학교 갔는데, 반은 결석했더

라. 너도 얼른 자. 우린 몸이 재산이잖아."

셋지도 못한 채, 침대에 누우며 말했다.

"언니, 회사 분위기가 점점 이상해. 작업반장이 폐업한다고 으름장 놓던데. 진짜 문 닫는 거 아냐?"

진숙이 잔뜩 걱정스러운 목소리로 말했다.

"우리 작업반도 마찬가지야. 지금은 몸이 너무 아파서 좀 잘게. 너도 쉬어."

솔직히 내일 일까지 걱정할 여력이 없었다. 몸이 아프니 마음조차 약해지는 건 어쩔 수 없었다.

흉흉한 소문이 겨우내 감돌더니 급기야 다음 해 봄에 폐업 공지가 떴다. 온 세상이 무너지는 것 같았다. 노조에서 극렬하게 나오자, 회사 측에서 슬그머니 철회했다. 그러나 미봉책일 뿐이었다.

8월의 뜨거운 태양이 내리쬐던 날, 회사 정문에 대문짝만 하게 '폐업 공고문'이 붙었다. 사장은 이미 해외로 도피했고, 임원 대부분은 얼굴조차 내밀지 않았다. 전 회사 건물에 전기가 들어오지 않아 암흑세계였다.

'하도급 업체가 아니라 본 회사에 들어왔다고 그리 좋아했는데. 일하고 공부할 수 있어서 더없이 행복했는데. 이토록 쉽게 무너지다니. 온몸이 부서져라 일했고, 가발 수출로 회사는 돈 많이 번 줄 알았는데. 자금이 부족해 문을 닫다니. 이럴 수 있단 말인가!'

땅속으로 꺼져 들어갈 것 같았다. 한없이 서글프고 서러웠다. 잠깐이지만 일하고 공부하며 누리는 행복을 누군가 시샘하는 것 같았다.

즉각 노조 집행부 모임이 열렸다. 폐허나 다름없는 회사 마당에 모였다. 노조위원장이 나와 마이크를 잡았다. 사장의 방만한 투자와 경영 부실로 인한 문제점 등을 조목조목 집행부원들에게 알려 주었다. 다시 회사가 돌아갈 때까지 한마음으로 투쟁할 것을 간곡히 말한 뒤 선창했다.

"우리는 이대로 물러설 수 없습니다. 회사는 즉각 폐업을 철회하십시오."

"우리는 이대로 물러설 수 없습니다. 회사는 즉각 폐업을 철회하십시오."

우렁찬 목소리가 하늘을 찔렀다. 벼랑 끝에 선 노동자들의 외침에 하늘도 노했는지, 밤새 거센 비가 내렸다. 노조 위원들은 비를 맞으면서도 자리를 뜨지 않았다.

사흘이 지나도 회사 측에서는 아무런 반응이 없었다. 그뿐만 아니라 세상 사람들 역시 우리 목소리에 관심조차 없었다. 극단의 조치가 필요했다. 도시산업선교회 분들의 도움이 컸다. 노조가 나아가야 할 방향에 대해 나침반이 되어 주었다. 투쟁하는 짬짬이 머리를 맞대고 논의한 결과 최고의 방법을 찾았다. 이 방안만이 우리가 살길이라는 생각이 들었다. 나도 모르게 주먹을 불끈 쥐었다.

"오늘 밤부터 신민당사에서 투쟁할 것입니다. 동지 여러분 함께합시다!"

노조위원장의 외침 뒤, 조직부장인 내가 나섰다.

"신민당 국회의원들이 힘을 실어 주기로 약속했습니다. 목숨 걸고 싸워야 합니다. 한 명도 이탈하지 말고 함께해 주십시오."

신민당사로 옮기자, 많은 사람이 관심을 가졌다. 놀랍고 신기했다. 심지어는 뉴스에서 자주 보던 당 대표가 나와 노조원들을 위로하고 힘이 되어 주겠노라 약속했다. 당 대표가 다녀가자, 언론에 대문짝만하게 기사가 났다. 수고한다며 일반 시민들도 간식과 음료수 등을 주었다. 농성장이 아니라 축제 무대 같았다.

"언니, 꿈만 같아! 다시 회사 돌아가겠지. 밤에 학교도 계속 다닐 수 있고."

진숙은 어린아이처럼 좋아했다.

"이번 기회에 사장이 해외 나가 호화 생활하고 부실 경영으로 날린 모든 것 다 토해 내게 해야 해."

열성 노조원은 두 주먹을 불끈 쥐며 단합을 강조했다.

"역시 신민당사에 들어오길 잘한 것 같아. 정치의 힘이 무섭긴 해. 아무도 관심이 없더니 국회의원이 나서니까 신문에 우리 얼굴이 대문짝만하게 나잖아."

다른 노조원의 말에 서로 손바닥을 마주치며 환호성을 질렀다. 너무 일찍 승전가를 부른 대가가 검붉은 피를 부른다는 것도 모른 채.

　금방 회사 측으로부터 사과와 함께 폐업 철회가 이루어질 줄 알았다. 꿈이었다. 사흘이 지나도록 개미 새끼 한 마리 나타나지 않았다. 국회의원 말대로 이루어지는 일은 아무것도 없었다.

　8월의 밤은 낮만큼이나 후덥지근했다. 바람 빠진 풍선처럼 낙심한 노조원들이 초조해하기 시작했다. 조직부장을 맡은 나로서는 어떡하든 분위기를 살려야만 했다. 무대 앞으로 나가 마이크를 잡고 '진주난봉가'를 불렀다. 노조원들의 사기를 높여 주고 싶어 못 추는 엉덩이춤까지 추었다. 가끔 손뼉을 치는 소리가 들렸지만, 내 맘처럼 흥을 돋우지는 못했다.

　암담했다. 그러나 이대로 물러설 수는 없었다. 노조위원장과 임원들은 머리를 맞댔다.

　"죽으면 죽으리란 결심, 잊지 않았지요. 오늘 밤 다시 한번 불을 지핍시다. 결의문 낭독과 함께 고향에 계신 부모님께 드리는 인사의 자리를 마련하도록 하지요."

　나는 일기를 쓰던 마음으로 결의문을 준비했다. 그동안 위원장은 시름에 젖은 노조원들을 달래며 이벤트를 준비했다.

거리에 내쫓겨 올 데 갈 데 없는 우리는 이제 정상화가 아니면 죽음이라는 각오로 백여 명의 노동자들은 다음과 같이 결의한다.

관계부처는 이 문제를 이제는 지연시키지 말고 즉각 해결하라!

우리의 정당하고도 정의로운 요구가 관철되지 않는 한, 이 자리에서 한 발자국도 물러서지 않을 것이다!

어떠한 죽음도 불사할 것을 엄숙히 결의한다.

지치고 힘들어하는 노조원들을 독려해서 자리를 갖춘 후 나는 마이크를 잡았다.

젖 먹던 힘까지 다해 '결의문'을 낭독했다. '죽음'이라는 문구를 읽을 때, 온몸에 전율이 일었다. 그 순간, 나도 모르게 손가락을 깨물었다. 붉은 피가 철철 흘렀다. 낭독문 종이에 '단결, 투쟁'이라는 혈서를 썼다. 그러곤 노조원들 앞에 힘차게 흔들어 보이며 외쳤다. 상처 난 손가락에서는 여전히 피가 흘러내렸지만, 아랑곳없었다. 아파도 아플 수 없는 순간이었다.

"여러분! 단결, 투쟁합시다."

"와! 조직부장이 혈서를 썼다!"

노조원들의 웅성거리는 소리가 들렸다. 시든 배추처럼 널브러져 있던 노조원들이 활화산처럼 일어섰다. 다시 열의가 되살아나는 분위기를 틈타, 위원장이 나섰다. 단호하면서도 결의에 찬 목소리로 외쳤다.

"여러분 앞에 간단하게 제상을 마련했습니다. 죽음을 불사하고 우린 투쟁의 길에 나섰습니다. 가장 마음에 걸리는 것은 고향에 두고 온 부모님입니다. 마지막 인사가 될지도 모른다는 생각으로 각자 인사를 나누겠습니다. 그리고 바로 옆에 편지지와 봉투를 준비했습니다. 조용히 편지를 쓰는 것으로 행사 마무리하도록 하겠습니다."

노조원 모두 숙연한 자세로 준비된 제상에 인사를 한 뒤, 편지지를 들고 자리에 앉았다. 누군가는 소리를 내 우느라 편지지가 흠뻑 젖는가 하면, 진숙은 멍하니 앉아 하늘만 바라보고 있었다.

난 왠지 엄마에게 편지를 써야 할 것만 같았다. 무엇보다 노조 활동을 열심히 하는 노동자들 집으로 회사에서 편지를 보낸다는 것을 들었기에 마음이 급했다. 노동자들이 빨갱이들의 사주를 받고 투쟁한다는 식으로 부모님께 편지를 쓴다니. 순박한 엄마가 그런 편지를 받으면 쓰러질 것이다. 기가 막힐 일이다.

보고 싶은 엄마에게
내가 거주하고 있는 이곳 YH무역은 아주 큰 회사랍니다. 돈 많은 사장은 미국으로 도망가고 없고 임원들은 자기들만 잘살겠다며 우리 노동자들을 거리로 내쫓았어요.

회사 문을 닫겠다며 폐업 공고까지 내 버렸답니다. 그래도 저희 노동자들은 비록 힘은 약하나 하나같이 똘똘 뭉쳐 투쟁하고 있습니다. 우리 회사 사장은 수단과 방법을 가리지 않는 나쁜 사람이어서 무슨 짓을 저지를지 모릅니다. 절대 회사에서 보내는 편지는 믿지 마시기를 바랍니다.

1979년 8월, 엄마의 딸 경숙 드림

편지를 쓰는 내내, 아버지 기일에 찾아뵙던 일이 주마등처럼 스쳤다. 그때는 엄마 걱정할까 봐 나쁜 이야기는 눈곱만큼도 안 했다. 실은 나 역시 회사가 이토록 악덕 기업일 줄 몰랐다. 일이 힘들고 월급이 적어도 미래를 바라볼 뿐이었다.

"편지는 임원단에서 일괄적으로 보낼 것입니다. 일단 오늘은 결단식도 했고 이벤트도 진행했으니 잠시 쉬도록 하겠습니다. 내일 또 투쟁하기 위해 힘을 저축합시다."

노조위원장의 마지막 말이 끝난 시간이 11시 30분이었다.

신민당사에서 제공해 준 강당에 각기 흩어져 쪽잠을 잤다. 언제까지 가두 투쟁을 해야 할지 막막했다. 피곤해도 잠이 오지 않았다.

'엄마는 내가 데모라는 걸 할 줄 꿈에도 모를걸. 딸이 큰 회사 다닌다고 동네 사람들에게 자랑할 텐데. 회사가 빈 껍데긴 줄은 모르고. 엄마를 위해서라도 열심히 싸워야지. 강

철 속에서도 핀 민들레처럼.'

껌딱지처럼 늘 내 곁을 지키는 진숙도 마찬가지인 듯, 뒤 척이다 말고 구시렁거렸다. 진숙은 고향 어디서나 볼 수 있는 채송화를 닮았다. 그래서 더욱 안쓰럽다.

"언니, 사는 게 참 징하다! 우리가 뭘 그렇게 잘못했기에 이런 일을 당해야 하는 걸까? 속옷도 못 갈아입고 이게 뭐냐고. 땀 냄새 때문에 미칠 것 같아. 사장이란 작자는 미국 별장에서 대배우처럼 산다며?"

진숙의 말에 대꾸조차 못 할 만큼 힘들었다. 혈서 쓰느라 깨문 손가락이 뜨끔거리며 아팠다. 미열도 나고 온몸이 쑤셔왔다. 불현듯 고향 철로에 피었던 노란 민들레꽃이 거대한 화물차에 치여 죽는 환상이 보였다. 온몸에 소름이 돋았다.

'힘내야 해! 약해지면 안 돼!'

다짐하지만, 자꾸만 눈물이 앞을 가렸다. 진숙이 말처럼, 내가 무얼 그리 잘못해서 혈서까지 써야 한단 말인가!

이런저런 생각을 하며 뒤척이다 까무룩 잠이 들었다.

시원한 바람에 등줄기 땀을 식히려 몸을 뒤척이는데, 분위기가 묘했다. 당당, 탕탕 군홧발 소리가 들렸다. 꿈결인가 싶어 눈을 비볐다. 잠깐 시계를 보니 새벽 2시였다. 쥐새끼조차 깊이 잠들었는지 사방이 고요했다.

"101호 지령이다. 농성 중인 노동자 모두를 체포하라!"

굵직한 목소리로 내지르는 명령에 자고 있던 노조원들이 모두 깜짝 놀라 잠에서 깼다. 경찰들에게 기습적으로 포위된 상태였다. 파렴치한이 따로 없었다. 나도 모르게 노조원들을 향해 외쳤다.

　"옥상으로 뛰어!"

　혈서를 썼던 손으로 동료들의 등을 떠밀었다. 손가락에서 더 큰 고통이 느껴졌다. 죽을힘을 다해 옥상을 향해 달리는 동료들 모습을 보자, 억장이 무너졌다. 배신감. 누구랄 것 없이 원망스러웠다. 그토록 안정과 대책을 힘주어 말하던 국회 의원 나리들은 지금 단잠에 빠져 있을 생각을 하니, 분노가 하늘을 찔렀다.

　철통 방어벽을 뚫고 신민당사 옥상에 올랐다. 어느새 등줄기에 땀이 흥건했다. 그나마 180여 명의 동지가 함께라는 생각에 힘이 났다. 그들이 있어 1000여 명의 경찰 앞에 설 수 있는지 모른다. 우리는 스크럼을 짜고 하나가 되었다. 경찰들이 떼어 놓으려 안간힘을 써도 떨어지지 않았다.

　모든 일에 내가 앞장설 때가 많았다. 위원장은 총괄 지휘와 관리만으로도 벅찼다. 나는 몸을 사리지 않았다. '인간다운 삶'을 위한 투쟁이므로.

　"우리는 어디로 가란 말인가! 배고파 죽겠다. 폐업 철회하라!"

　나는 피를 토하듯 외쳤다. 사투였다. 뒤이어 동지들의 우링찬 목소리가 적막을 깨고 울렸다. 동지들의 외침은 절규이자, 눈물이었다. 생존을 위한 몸부림은 누가 시키지 않아도 절절했다.

"밀린 임금 지급하라! 경영 부실 책임져라! 폐업 결사 반대!"

나의 선창에 동지들도 파도 타듯 구호를 외쳤다. 우레와 같은 함성이 새벽 공기를 타고 울렸다. 나이 어린 노조원 가운데 몇몇은 훌쩍이며 모깃소리를 냈다. 그럴 때마다 지부장이나 선배들이 어깨를 토닥였다. 반복해서 구호를 외쳤다. 경찰들이 물 대포를 쐈다. 한쪽에서는 몽둥이로 동지들을 때렸다. 성난 하이에나가 따로 없었다.

우리는 아랑곳없이 외치고 또 외쳤다. 성난 하이에나들의 공격이 극에 달했다. 의자며 책상 등을 닥치는 대로 던졌다. 동지들을 짓밟는 것도 모자라, 사지를 잡아 비틀었다. 땀에 젖은 브래지어를 드러낸 채 울부짖는 진숙을 보자, 내 가슴에서 열꽃이 피고 졌다.

"노동자도 사람이다. 개나 돼지 취급하지 마라. 노동자 인권 보장하라!"

두려움 속에서 외치는 나의 선창에 옥상은 눈물바다가 되었다. 그럴수록 경찰들의 눈빛이 무섭도록 빛났다. 푸른 제복의 남자가 나를 주시했다. 그의 눈빛은 살모사를 닮았다. 집요한 눈빛에 내 몸이 녹아내릴 것 같았다. 더는 버텨서는 안 될 것 같았다. 전진을 위한 후퇴였다. 무작정 도망쳤다.

"저, 빨갱이 년 잡아! 죽여 버려!"

서너 명의 경찰이 필사적으로 나를 쫓았다. 젖 먹던 힘까지 다했다. 달리다 보니, 벼랑 끝이다. 눈앞이 캄캄했다.

"이대로 죽을 수는 없어! 죽지 않을 테야!"

나는 악다구니를 썼다. 푸른 제복의 경찰들도 독 오른 개처럼 달려들었다. 어둠 속에서도 그들의 살기가 느껴졌다. 정말 죽을 수도 있겠다는 생각이 들자, 이상한 오기가 생겼다.

"배고파 못 살겠다, 먹을 것을 달라! 체불 임금 지급하라!"

나는 두려움을 감춘 채, 우렁차게 구호를 외쳤다. 희부옇게 밝아오는 불빛이 내 편이 되어 주길 빌며.

'진실·화해를위한과거사정리위원회 진실규명 결정'
YH 노조 김경숙 사망 관련 조작의혹 사건

【결정사안】

YH노조 여성 노동자들이 신민당사에서 농성하던 중 경찰의 진압 과정에서 김경숙이 사망한 사건과 관련하여 국가권력이 김경숙의 사망 경위를 은폐하고 YH노조 여성 노동자들과 신민당 관계자, 언론인들에 대하여 중대한 인권 침해 행위를 범했다는 사실을 확인하고 진실 규정으로 결정한 사례.

들꽃처럼 살다 간 노동자 김경숙 양을 기리며.

1979년 8월 9일 YH 사건으로 노동자 김경숙 양이 신민당사 옥상에서 떨어져 죽었다는 소식을 뉴스를 통해 들었습니다. 그때는 심각하게 생각하지 못했습니다. 동시대인이었으나, 너무도 다른 세상에서 살았으니까요.

이 글을 쓰기 위해 여러 자료를 찾아보면서, 매우 부끄러웠습니다. 김경숙 양이 일했던 노동 현장은 어디든 너무나 열악했습니다. 그 당시 교복 입고 학교에 다니던 내 모습이, 누군가의 소망이자 꿈이었다는 사실을 몰랐습니다.

노동자 김경숙 양의 꿈은 소박했습니다. 수출도 많이 하고 직원도 많은 회사에 들어왔으니, 성실히 일하다, 야간학교라도 다닐 수 있기만을 간절히 바랐습니다. 중학교조차 가지 못하고 노동 현장에 뛰어든 김경숙 양은 교복을 입은 동창을 만나는 게 가장 두렵고 싫었다고 합니다. 가난이 준 아픔이었습니다.

그러나 김경숙 양은 누구를 원망하지도 않고, 열심히 자기 앞에 놓인 길을 걸었습니다. 삶은 녹록지 않았습니다. 세상에는 김경숙과 같은 노동자들의 임금을 착취하는 업주들이 차고 넘쳤습니다. 그대로 당하고만 있을 수 없었습니다. 연약한 존재들이지만 힘을 모으기로 결의합니다. 야학에서 노동운동의 필요성과 역사를 배운 김경숙 양은 깃발을 드는 심정으로 나서게 됩니다. 선배이자 노동운동의 선구자인 전태일 열사의 정신을 따르고 싶었기 때문입니다.

"노동자도 사람이다. 개나 돼지 취급하지 마라. 노동자 인권 보장하라!"

신민당사 옥상에서 외치던 노동자 김경숙 양의 목소리가 귓가에 들리는 듯싶습니다. 죽고 싶지 않았지만, 죽어야만 했던 김경숙 열사의 짧은 생이 주는 의미는 큽니다. 작은 촛불이 거대한 촛불의 역사를 만들었듯, 노동자 김경숙 양의 죽음은 민주화운동의 시발점이 되었습니다.

YH 사건은 노동자에서 보수 야당에 이르는 범민족 세력의 공동전선을 형성시키는 계기가 되었고, 김영삼 총재 제명 파동과 부마 민중항쟁으로 이어져 10·26사태의 도화선이 되었습니다.

서울로 돈 벌러 가는 소녀를 배웅하던 민들레꽃처럼, 노동자 김경숙 양은 죽었지만, 정신은 영원히 살아 있습니다.

　시대의 아픔을 함께하지 못한 부채감을 조금이나마 덜기 위해, 노동자 김경숙 양의 삶을 생생하게 그리려 애썼습니다.

　들꽃처럼 살다 간 그녀의 묘비 앞에 민들레꽃 한 송이를 올려 드리며.

검은 4월

권오준

안경다리 앞에서 5시에 보자.

헌욱이가 쓴 쪽지였다. 물걸레를 짜려고 화장실에 간 사이
헌욱이가 책상 위에 쪽지를 남겨 두고 먼저 가 버렸다. 석호
는 교복 호주머니에 쪽지를 찔러 넣었다.

'자식, 오늘은 할 얘기도 많았는데….'

괜히 담임선생님이 원망스러웠다. 담임선생님은 늘 이런
식이다. 청소당번이 돌아오는 날이면 그날은 각오해야 한다.
담임선생님은 창틀과 유리에 먼지 하나 묻어 있는 꼴을 보지
못한다. 청소가 끝나면 직접 교실에 와서 검사한다. 손가락
으로 창틀 높은 곳까지 쓱 문질러 본다. 열 번이면 아홉은 물
걸레질로 닦고 다시 검사받은 다음 집에 갈 수 있다. 귀가 닳
도록 들었던 아빠의 군대 생활도 이렇게 고되지는 않았을 것

검은 4월

이다.

　석호는 집으로 향했다. 집으로 가는 산길은 너무나 가팔라서 한 걸음 옮길 때마다 숨이 차오르고 땀이 난다. 꼬불꼬불 가파른 지장산을 오르는 건 고역이다. 4월이 되었지만, 날씨가 흐려지면서 기온이 뚝 떨어졌다. 그래도 강원도 고산지역에 산 지 1년이 되면서 석호는 변화무쌍한 날씨에 그럭저럭 적응했다.

　석호는 고개를 들어 산동네를 올려다보았다. 다닥다닥 붙어 있는 판잣집들이 석호를 내려다보는 것 같다. 석호네 집은 산동네 끝에 있다. 문을 열면 부엌이고 바로 방이 나온다. 방은 안방 포함해서 두 개다. 석호의 방은 앉은뱅이책상 하나와 몸 하나 널 공간밖에 없다. 석호는 차라리 학교에 있을 때가 좋았다. 담임선생님한테 꾸지람을 받아도, 학교는 그나마 숨 쉴 공간이라도 있지 않은가. 매일 집에 들어서면 한숨이 터져 나온다. 하지만 그건 피할 수 없는 현실이다.

　"석호야, 이제 오니?"

　"네, 아빠."

　안방에 들어선 석호는 아빠의 팔을 보고 깜짝 놀란다.

　"아빠, 팔이 왜 그래요?"

　"일하다가 좀 다쳤다. 동바리가 쓰러지면서 석탄이 쏟아져 내렸지, 뭐니."

　석호 아빠는 왼팔의 붕대를 만져 보고는 팔을 굽혔다 폈다 했다. 붕대에는 벌겋게 피가 번져 있었다.

"이게 벌써 몇 번째예요? 아빠, 정말 괜찮은 거예요?"

석호가 걱정스러운 눈빛으로 물었다.

"이 정도는 다친 것도 아니야. 그건 그렇고 너 공부 열심히 해야 한다. 나처럼 살지 않으려면."

석호 아빠가 작업복을 벗으며 말을 돌렸다.

"석호야, 세상은 말이지, 힘이 약하면 약할수록 더 고통을 받는 거다."

"아빠, 그게 무슨…."

"이상하게 말이지, 힘이 센 놈들은 그 힘을 꼭 확인하고 싶어 한다는 거야. 그러니 너는 공부 열심히 해서 아빠처럼 살지 말라는 뜻이야."

아빠의 입에서 한숨이 길게 흘러나왔다. 아빠는 미리 깔아둔 자리에 누웠다.

석호 아빠의 하루는 사북 탄광 지하 수백 미터 갱도 막장에서 일하는 작업시간에 맞추어져 있다. 석호는 아빠의 막장 생활을 잘 알지 못하지만, 분명한 건 인간으로서는 하기 굉장히 힘든 일이라는 것이다. 아빠의 얼굴과 팔은 이미 피부 깊숙이 탄가루가 배어든 것처럼 시커멓고 꾀죄죄하다. 더 안쓰러운 것은 막장 일을 마치고 온 뒤 아빠가 완전히 쓰러져 버린다는 점이다. 피로에 지친 아빠는 집에 돌아오자마자 몇 시간 동안 깊은 잠에 빠진다. 그 시간은 석호나 엄마가 절대 방해하지 않는다. 어느덧 일상이 된 석호네의 불문율이다.

　잠시 뒤 다시 안방 문을 열어 보니 아빠는 벌써 코를 골고 있었다. 아빠가 자는 동안 석호는 숙제를 하거나 책을 본다. 엄마는 식당에 가서 허드렛일을 한다. 한 푼이라도 더 벌기 위해 엄마도 아빠처럼 치열하게 산다. 석호네 세 식구가 얼굴을 마주하는 건 일요일 딱 하루뿐이다. 그 이외 시간은 각자 따로따로다. 그런 생활은 강원도에 온 이후, 그러니까 석호 아빠가 정선군 사북 탄광에 취직한 뒤부터 하루도 거르지 않고 이어졌다.

　"그때 불만 나지 않았어도…."

　석호 아빠는 서울 변두리 양돈장에서 일했다. 천성이 부지런하고 강직한 석호 아빠는 양돈장에서 몇 년 동안 온갖 잡일을 했다. 돼지 똥을 치우며 청소를 하거나 짐 자전거를 타고 인근 식당에서 나오는 잔반을 수거했다. 식당을 열 군데 돌다 보면 잔반을 담는 드럼통이 꽉 찬다. 석호 아빠는 그 무거운 드럼통을 싣고 양돈장으로 간다. 길은 대부분 비포장도로여서 자전거를 끌고 다니는 것이 여간 힘든 게 아니었다. 양돈장에 돌아온 석호 아빠는 잔반을 쏟아 낸 다음 일일이 이쑤시개까지 골라낸다. 돼지가 뾰족한 이쑤시개를 잘못 삼켜버리면 위험하기 때문이다.

　양돈장 주인은 석호 아빠를 좋아했다. 주인은 석호 아빠에게 돼지 한 마리를 키우도록 했다. 주인에게 받은 새끼 돼지 두 마리는 어느덧 50킬로그램이 넘었고 새록새록 희망이 되어 자랐다. 주인은 새끼돼지가 다 자라 100킬로그램이 넘어가면 아예 작은 돼지우리를 하나 만들어 주겠다고 약속했다. 돼지우리 하나가 생긴다는 말은 집 한 채가 생긴다는 말이나 마찬가지였다.

"말도 안 돼. 어떻게 그런 일이."

석호 아빠가 잠에서 깨어날 때마다 머리를 쥐어뜯으며 하는 말이다. 그건 바로 양돈장 화재였다. 화재는 애초에 양돈장에서 난 게 아니었다. 50여 미터나 떨어져 있던 장롱 공장에서 났는데, 불이 강풍을 타고 삽시간에 양돈장 지붕으로 옮겨붙었다. 축사 지붕을 비닐로 덮어 두었기 때문에 멀리서 날아온 불씨 하나가 순식간에 화마로 돌변했다. 양돈장 화재 사건은 석호네 꿈과 희망을 한순간에 물거품으로 만들어 버렸다.

"글쎄, 여긴 다 돈이라니까."

"그런 말을 누가 믿나, 이 사람아."

"자네는 맨날 속고만 살아왔나? 전국 팔도 사람들 여기 다 모였다니까. 여긴 동네 돌아다니는 똥개들도 지폐 물고 다닌다니까 그러네."

양돈장 화재 사건 뒤 술독에 빠져 살던 아빠에게 친구의 말 한마디는 약이 되었다. 아빠 친구는 당장 오라고 난리였다. 석호 아빠의 마음도 움직였다. 찢어지게 가난한 석호네 집에 다른 뾰족한 대안이 없었기 때문이다.

"폐병 걸려 죽는다고 하는데, 괜찮을까요?"

석호 엄마는 걱정이 앞섰다.

날씨만 추워지면 잔기침을 하는 석호 아빠는 행여 폐병에 걸리지 않을까 걱정하지 않을 수 없었다. 하지만 열이면 열 모두 취직할 수 있다는 말에 석호 아빠는 결단을 내렸다. 그곳이 바로 탄광이었다.

"우리 딱 3년만 벌어서 나오자."

석호 아빠는 이를 앙다물었다. 눈 딱 감고 탄광에서 목돈을 벌어 3년 뒤에 서울로 돌아와서 작은 양돈장 하나 짓겠노라고 마음먹었다. 하지만 석호의 의견은 전혀 반영되지 않았다. 중학교 들어가서 한창 친구들하고 놀 나이에 강원도, 그것도 시커먼 탄광 마을로 들어가겠다는 부모의 결정에 석호는 한동안 입을 열지 않았다. 지방 도시로 이사 가면 꾸며댈 말이라도 있지만, 강원도 탄광 마을로 간다고 하면 친구들에게 딱히 둘러댈 핑계도 없었으니 말이다. 석호는 창피해서 얼굴을 들 수가 없었다. 아빠의 양돈장 화재 사건 뒤 공납금도 제대로 내지 못했는데, 강원도 탄광 마을 이사는 더욱 창피했다. 목돈을 벌어 양돈장을 하겠다는 아빠의 희망 따위는 곱게 들리지 않았다. 석호는 그렇게 전혀 내키지 않는 마음으로 강원도로 가게 되었다. 소가 끌려가는 기분으로.

"헉!"

석호는 사북역에 도착했을 때 입이 딱 벌어졌다. 그곳은 강원도 탄광 마을이라고 믿을 수가 없었다. 사북 읍내는 마치 서울 시내처럼 많은 자동차와 사람이 다니고 있었다. 도로 양옆에는 식당이며 술집이며, 옷가게며 신발가게가 즐비했다. 자동차 소리와 경적이 끊이지 않았다. 해발고도 800미터 산중에 반짝거리는 도시 하나를 옮겨놓은 듯싶었다.

사북읍은 모두 시커멓게 물들어 있었다. 산도 도로도 꺼멨다. 도로 양쪽의 가게 지붕도 시커멓고 심지어 사람들 얼굴도, 집마다 널어둔 빨래마저 시꺼멨다. 사방을 에워싼 산들은 모두 높았다. 사북은 지상에 있는 게 아니라, 거의 하늘과 구름이 맞닿은 곳이었다. 정말이지 비현실적인 세상이었다.

석호네 식구들은 양손에 보따리 두 개씩 달랑 들고 사북에 왔다. 수저와 냄비 두 개, 국솥 하나, 간장과 고추장, 다 시어 버린 묵은지 김치 한 통, 이부자리가 전부였다. 따로 용달차를 부를 형편도 안 되었기 때문에 버스와 기차를 탈 수 있도록 간소하게 짐을 꾸렸다. 새집은 구할 수가 없었다. 사북에는 집이 터무니없이 부족했다. 비좁은 읍내에는 집 지을 터도 없어서 하루가 멀다고 사북으로 들어오는 사람들은 묵을 곳이 없었다. 광업소에서 지은 사택촌이 있었지만, 그곳에 들어가는 것은 하늘의 별 따기였다. 주민 대부분은 지장산 중턱 여기저기에 판잣집을 짓고 살거나 그마저도 얻을 형편이 안 되면 움막집에서 살았다. 석호네는 아빠 친구의 도움으로 간신히 판잣집을 얻을 수 있었다.

　석호는 아빠가 편히 잘 수 있도록 집을 나섰다. 판자촌을 지나 내리막길을 따라 내려가니 사방에 봄꽃이 화려하다. 하얀 조팝나무가 풍성하다. 석호는 조팝나무를 보며 괜히 입맛을 다셨다. 하얀 조팝나무꽃만 봐도 배가 부르는 것 같았다. 석호는 안경다리 쪽으로 발길을 서둘렀다.
　"석호야, 어서 와!"
　헌욱이가 반갑게 인사했다.
　"자식, 조금 기다렸다가 같이 가지."
　석호가 입을 실룩거리며 핀잔을 주었다.
　"기다리긴. 너희 반 담임선생님이 언제 바로 보내 주시던?"
　"하긴 그렇지만."
　석호는 할 말이 없었다. 헌욱이는 석호네 반 돌아가는 사정을 훤히 꿰뚫어 보고 있었다. 석호네 담임선생님의 청소검사가 그리 호락호락하지 않다는 것도 다 알고 있었다.
　"우리 지난번 어디까지 얘기했더라?"
　헌욱이가 침을 묻혀 공책을 펼쳐 가며 물었다.
　"우리 주민들이 마시는 물 문제였잖아."

"맞아, 맞아."

헌욱이가 맞장구를 쳤다.

석호가 사북에 이사 와서 헌욱이를 만난 건 행운이었다. 헌욱이를 만나지 못했다면 사북에서의 삶은 지옥 그 자체였을지 모른다. 그건 헌욱이도 마찬가지다. 헌욱이도 부모의 손에 이끌려 마지못해 사북에 왔으니 말이다.

석호와 헌욱이는 1학년 때 처음 만났다. 처음에는 둘 다 최악의 기분이었다. 친구들과 헤어져 부모를 따라 탄광 마을에 왔으니 즐거울 리 없었다. 석호는 서울에서, 헌욱이는 충청도에서 왔을 뿐 일단 사북에서의 삶은 시커먼 탄광처럼 어둡고 암울했다. 둘은 공부에도 취미를 붙이지 못한 채 힘겨운 나날을 보내야 했다.

그러던 어느 날 석호가 제안했다. 아이들끼리 탄광 마을 문제를 하나씩 파헤쳐 보자는 제안이었다. 처음에는 석호와 헌욱이 말고도 서너 명이 함께 시작했지만, 다른 친구들은 별다른 흥미를 느끼지 못하고 그만두었고 석호와 헌욱이 둘만 남았다. 둘은 그 일을 끝까지 해 보기로 했다. 그건 탄광 마을에 살면서 조금이라도 자부심을 가질 수 있는 일이었고, 탄광 마을에 살면서 딱히 취미생활이 없던 둘에게는 괜찮은 소일거리였다.

사북에는 심각한 문제가 있었다. 그건 바로 물 문제였다. 석호와 헌욱이는 지장천 옆 샘물 몇 군데를 가 보기로 했다.

사북 땅에서 물은 전쟁이었다. 상류 쪽에서 내려오는 지장천 물은 늘 시커먼 색이었다. 광산에서 흘러나온 물이 뒤섞이면서 흙탕물이 아니라 석탄물이 되어 있었다. 그 물은 먹을 수도 없었고 빨래조차 제대로 할 수가 없었다. 바글바글 모여 사는 사북 주민들이 기대어 먹을 수 있는 물은 샘물과 공동 우물에서 나왔다. 사북 주민 수에 비해 우물이 턱없이 부족하니 물을 얻기 위한 일은 하루하루 전쟁이나 다름없었다.

"허허, 육이오전쟁 때도 이렇지는 않았어."

나이 지긋한 할아버지들은 사북 물 사정을 이렇게 표현했다. 전쟁통에도 마실 물 걱정은 안 해 봤다는 것이다. 전국에서 돈이 제일 많이 돈다는 사북의 물 사정은 최악이었다. 우물가에서는 종일 고성과 욕설이 난무했다.

"이년아, 왜 새치기하고 지랄이야."

산 중턱 주거지역에서 우물까지는 꽤 멀었다. 오가는 시간도 그렇지만 기다리는 시간은 정말 고역이었다. 물을 얻기 위한 줄은 늘 뱀처럼 늘어져 있었다. 물통을 놓고 잠시 볼일이라도 보고 왔다가는 물통은 끄트머리에 밀려 있기 일쑤였다. 아이들이 어른들 대신 줄서기를 자주 했는데, 어른들은 이런저런 이유를 대면서 새치기를 일삼았다.

"너희 내가 누군 줄 알아? 광업소 간부 집인데, 바쁘니까 먼저 물 좀 뜨마."

광업소 간부 부인들은 대놓고 새치기를 했다. 아이들이 인상을 쓰면서 항의하면 광부 부인들이 아이들을 진정시켰다. 자칫 광업소 간부의 눈 밖에 나서 좋을 게 없기 때문이었다.

"얘들아, 어서 뒤로 물러서."

광부 부인들이 아이들에게 손짓했다. 부인들은 광업소 간부와 사무실 직원들을 두려워했다. 그들의 눈 밖에 났다가는 온갖 불이익을 감수해야 했기 때문이다. 그렇지 않아도 탄광에는 공공연하게 이른바 '암행독찰조'까지 움직이고 있었다. 암행독찰조는 광부들의 일거수일투족을 감시하는 사람들이었다. 주로 광업소 소장의 지인들로 구성된 암행독찰조원들은 탄광에서 벌어지는 모든 일을 감시했다. 광업소 측이 광부들에 대한 더 많은 정보를 수집하기 위해 지인들이 아닌 일부 광부까지 포섭한다는 소문이 돌았다. 하지만 그들은 워낙 은밀하게 움직이기 때문에 아무도 알지 못했다.

"글쎄, 판잣집 강씨 부부가 어젯밤 싸움한 것까지 알고 있었대."

암행독찰조는 히틀러의 친위대 같은 역할을 했다. 누가 얼마나 열심히 일하는지, 누가 일 안 하고 꾀를 부리는지, 또 누가 광업소에 불만이 있는지를 감시했다. 암행독찰조가 가장 눈여겨보는 이들은 회사에 불만을 토해 내는 사람들이었다. 그런 사람들에겐 쥐도 새도 모르게 불이익이 날아갔다. 그중 가장 흔한 것이 이런저런 구실을 달아 월급을 깎는 일이었다. 이른바 감봉이었다. 그 적은 월급에서 30퍼센트 정도를 빼고 지급했다.

"당신이 뭔데 새치기하는 거요?"

웬 젊은 부인이 도끼눈을 뜨며 간부 부인에게 따졌다.

"얼굴이 낯선 거 보니까 남편이 햇돼지인가 보네."

"햇돼지는 무슨? 새끼돼지 아냐? 호호호."

광업소 간부 부인들이 깔깔거리며 젊은 여자를 놀려댔다.

"당신들이 무슨 권리로 이런 짓을 하는 겁니까?"

젊은 여자가 다시 항의했다.

"허, 이년이 이 동네가 어떻게 돌아가는지 모르네. 네년 남편 이름이 뭐냐?"

"남의 남편 이름을 왜 묻는 겁니까?"

"정말 햇돼지 애송이 맞네. 쓴맛 좀 봐야겠어."

광업소 간부와 사무실 직원들의 부인은 상전이었다. 그들은 막장에서 일하는 광부와 그 가족들을 아주 우습게 여겼다. 광부들의 나이가 많든 적든 상관없었다. 무조건 반말이었다. 광산에 갓 들어온 신입 광부들이 그걸 모르고 항의했다가는 어떤 손해를 입을지 몰랐다. 온갖 트집을 잡아 광부들을 괴롭혔다. 후산부 직원이라면 작업하는 동바리 개수를 일일이 확인해서 트집을 잡았다. 선산부 직원이라면 하루 목표 채탄량을 들먹이면서 다그쳤다.

"시키면 석탄이 금이 될 줄이야."

전 세계적으로 석유 파동이 영향을 미치면서 석탄이 석유를 대체하는 중요한 에너지원이 되었다. 정부는 전국 광업소에 파격적인 권한을 쥐어 주며 석탄 채굴을 독려했다. 광업소에서 가스폭발이나 붕괴사고가 나서 광부들이 죽는 사고만 나지 않으면 정부는 그 어떠한 것도 관여하지도 문책하지도 않았다. 석탄을 많이 캐내는 것이 국가의 지상 과제였기 때문이다. 간부 부인들이 목에 힘을 주고 갑질을 하는 데는 다 그런 배경이 깔려 있었다.

"이봐요, 새댁. 좀 참아요. 좋은 게 좋은 거 아냐?"

결국 나이 많은 부인이 끼어들며 말렸다. 뒤늦게 눈치를 챈 젊은 여자는 입을 닫았다. 말싸움은 거기서 끝났다. 간부 부인의 물통은 맨 앞자리로 갔고 그 누구도 더 이상 항의하지 못했다.

'킁킁 킁킁.'

몇 군데 우물에서 물을 받아온 석호와 헌욱이는 코를 들이대며 물 냄새를 맡았다.

"좀 이상한 거 같은데…."

"석호야, 냄새로 뭘 구별할 수 있겠어?"

"우리가 할 수 있는 방법이 따로 없잖아."

석호와 헌욱이는 방과 후 우물과 샘물에서 떠온 물 냄새를 맡으며 뭔가 찾으려고 했다. 석호와 헌욱이가 이렇게 물에 관심을 많이 갖게 된 건, 작년 여름에 일어난 일 때문이었다. 그것은 석호와 헌욱이가 사북에 이사 와서 겪은 최악의 사건이었다.

물 공급이 원활하지 않은 것이야 모두 각오한 일이지만, 그 사건은 언제 터져도 터질 일이었다. 주민들의 몸에 갑자기 두드러기가 생기기 시작한 것이다. 그뿐만 아니었다. 고열에 심한 구토 증세까지 나왔다. 석호와 헌욱이도 이상 증세를 보였다. 처음에는 약국에서 약을 사 먹으면 금방 낫겠거니 했는데, 그렇지 않았다. 증세는 점점 더 심각해져서 학교도 못 가고 드러눕고 말았다.

"아이고, 이게 무슨 일이야. 이러다 애 잡겠다."

아빠는 3교대로 막장에 들어가야 하니, 엄마가 석호를 돌봤다. 사북에는 변변한 병원도 없고 설령 병원이 있다고 한들 치료받을 형편도 못 되었다. 석호가 밤새 신음을 토하며 고통스러워했지만, 엄마와 아빠는 눈물을 흘리며 지켜볼 수밖에 없었다.

이튿날 석호 아빠와 엄마도 비슷한 증세를 보였다. 아빠는 설상가상으로 심한 두통에 시달렸지만, 쉴 수도 없었다. 그런 일로 하루 빠지면 광업소로부터 온갖 불이익을 각오해야 했다. 아빠는 힘든 몸을 이끌고 막장에 들어가야 했다.

하루 이틀이 지나자 사북 주민들 가운데 상당수가 비슷한 증상으로 고통을 호소했다. 처음에 주민들은 전염병이 도는 줄 알고 집마다 문을 걸어 잠근 채 사람들을 피했다.

얼마 뒤 동네에 온 군청 직원들이 보건소에 연락했고, 보건소 직원들이 직접 나와서 현장을 조사하고 주민들을 진찰했다. 원인은 며칠 만에 밝혀졌다. 바로 식수 때문이었다. 식수가 오염된 것이다.

그런데 이번 일이 있기 전에도 비가 오고 나면 우물에서 악취가 난다는 말이 여러 차례 나왔다. 그럴 때마다 주민들이 사북 읍사무소에 민원을 넣었다. 읍사무소와 보건소 직원들이 나와서 둘러보았지만, 별다른 조치를 취하지는 않았다. 설령 상부 기관에 보고해도 알아서 잘 처리하라는 지시만 내려왔다고 했다.

"빗물이 흘러든 모양입니다."

그 한마디로 조치는 끝났다. 힘없는 주민들이 할 수 있는 일이란 아무것도 없었다. 비가 와서 석탄 가루가 우물에 스며들었다는 말이 다였고 당분간 물을 끓여 먹으라는 이야기만 했다. 주민들은 매일 보리차를 넣어 물을 끓여 마셨다. 하지만 사태는 진정되지 않았다. 물로 고통받는 사람들이 점점 더 늘어갔다. 결국 정밀 조사를 시작했다.

탄광에서는 수시로 오염수가 흘러나온다. 이때 광석에서는 많은 양의 중금속이 함께 나오기 마련이다. 중금속은 산에서 내려와 하천은 물론, 주민들이 먹는 식수에까지 흘러들었다. 주민들이 먹은 식수에 먹어서는 안 될 중금속이 함유되어 있었다. 하지만 군청에서는 그것을 큰 문제라고 여기지 않았다. 문제가 된 우물만 차단하고 다른 곳의 우물이나 샘물을 쓰도록 했다. 군청에서는 이 문제가 비화하는 걸 원치 않았고, 만일 이 문제로 탄광이 폐쇄되어 석탄생산에 차질이 빚어진다면 군수는 문책을 면치 못할 거라고 판단하고 있었다.

식수 오염 사건은 그렇게 어물쩍 넘어갔다. 가뜩이나 물이 부족해서 우물 하나가 아쉬웠는데, 공동우물 하나가 차단되자 식수 문제는 더욱 심각해졌다. 주민들은 식수를 구하느라 더 아우성쳤고 우물가와 샘물터는 매일 아수라장이 되었다. 고성과 욕설은 일상이 되었다. 하지만 군청이나 읍사무소에서는 대책을 세우지 않았다. 특히 수천 명의 광부가 살아가는 터전이었지만, 광업소에서는 남의 일처럼 방관했다. 그들은 시간이 지나면 다 잊힐 것이라고 믿는 듯했다. 석탄은 이미 '금탄'이 되었고 사북에 돈이 돌고 있는 이상, 전국에서 수많은 사람이 광부가 되려고 찾아왔다. 막장에는 누가 들어와도 상관이 없었다. 회사로서는 땅속 막장에서 석탄만 올라오면 그만이었다.

"수질검사라도 해 주면 좋으련만…."

석호가 혀를 찼다. 현실의 벽은 너무 높고 견고했다. 석호와 헌욱이는 사건 이후 식수에 관해 관심을 가져 보았지만, 그들이 할 수 있는 것은 우물과 샘물터를 오가는 사람들의 숫자를 파악하는 게 전부였고 매일 듣는 것은 욕설과 고함뿐이었다.

석호와 헌욱이는 별다른 성과를 내지 못했다. 그래서 수질 문제 개선과 관련해서 군청에 편지를 써 보내기로 했다. 군청과 보건소에서 상시로 수질관리를 해 달라고 요구하는 내용이었다.

"응? 누구지?"

어느 날 저녁 헌욱이가 집에 돌아왔는데, 아빠가 웬 가죽 점퍼를 입은 남자와 함께 있었다. 둘의 대화가 우연히 헌욱이의 귀에 들어왔다. 대화가 좀 이상했다. 헌욱이는 옆집 모퉁이에 몸을 숨기고 대화를 더 들었다.

"종이에 적어 주시면 됩니다. 별로 어려운 거 없어요."

"아, 네. 그러면 언제 또 만납니까?"

"이번 주 일요일 저녁에 오겠소. 명심하세요. 이건 그 누구도 알아선 안 된다는 걸."

아빠가 낯선 사람에게 아부하듯 허리를 굽히는 장면은 헌욱이의 호기심을 자극했다. 헌욱이는 평소 아빠의 그런 모습을 본 적이 없었다.

'대체 누구지?'

헌욱이는 아빠에게 누구를 만났는지, 또 대화 내용이 무엇인지 묻지 않았다. 과묵한 아빠가 그런 이야기를 자식에게 해 줄 리 없기 때문이었다.

그날 저녁 헌욱이는 책상 서랍에서 꼬깃꼬깃 접혀 있는

쪽지 하나를 발견했다.

'최명원-수당 불만, 박수철-근무 태만, 장석만-회사 비난
….'

헌욱이는 믿을 수가 없었다. 그건 학생들이 담임선생님에
게 일러바치는 따위와는 차원이 달랐다. 그건 엄연히 탄광에
서 벌어지고 있는 일이다. 메모는 개인의 일을 마치 감시하
고 적은 듯했다. 그것은 늘 바른말 하며 살아온 아빠의 모습
과는 정반대였다. 헌욱이는 참을 수가 없었다. 그 일을 묻지
않고는 견딜 수가 없었다. 그날 저녁 헌욱이가 힘들게 입을
열었다.

"아빠, 책상 서랍에 있던 이 쪽지 뭐예요?"

"그, 그건….”

헌욱이 아빠는 당황했다. 표정을 바꾸면서 아빠가 대답
했다.

"그건 말이지, 그냥 끄적거린 거야. 별거 아니야.”

"아빠도 뭔 애들처럼….”

"막장에 있다 보면 화가 날 때도 있어. 그냥 아무 생각 없
이 낙서한 거야.”

아빠는 웃으면서 헌욱이 손에 쥐여 있던 쪽지를 빼앗아
휴지통에 던져 버렸다.

"녀석, 별걸 다 트집 잡고 있네.”

헌욱이 아빠는 헛기침하고는 문을 열고 나가 버렸다.

헌욱이는 쪽지에 대해 더 생각하지 않기로 했다.

헌욱이네 집에서 그 일이 있을 무렵 광업소에는 낯선 사람들의 출입이 잦아졌다. 광부들도 출퇴근하다 광업소 사무실에 낯선 사람들이 들락거리는 것을 보았지만, 그들에 관해 관심을 두지는 않았다. 광부들은 막장에 들어가기 전 그 어떤 생각도 머리에 담지 않는다. 머리에 유일한 생각은,

'오늘도 무사히.'

탄광의 막장 일이란 위험이 여간 큰 게 아니다. 언제 갱도 동바리 지주 기둥이 무너져 버릴지 모르고 또 가스가 스며나오는 갱도에서 언제 폭발사고가 일어날지 모른다. 석탄을 캐는 막장은 지하 수백 미터이고 그 갱도도 하나둘이 아니라, 개미굴이나 미로처럼 복잡하게 얽혀 있다. 멀쩡한 지상 건물에서 폭발사고가 나도 그 처리가 쉽지 않은데, 지하 수백 미터 아래 컴컴한 곳에서 사고가 난다면 어찌 되겠는가. 끔찍한 일이다. 광부들은 만일 막장에서 붕괴나 폭발사고가 나면 그날이 곧 제삿날이 될 것이라고 믿고 있다.

광부들은 그저 갑·을·병 세 조로 나눠 3교대로 근무하는 여덟 시간 동안 자신의 몸뚱이 하나 무사히 살려 나오면 그만이었다. 그들의 머릿속에는 막장에서 나와 돼지고기 안주 삼아 소주 한잔 들이켜는 것밖에 없었다. 광부들은 하루살이 인생이었다.

"채탄량을 최대한 늘리도록."

정부에서 채탄량을 늘리라는 지시가 떨어졌다. 지하로 내려가는 승강기에 오르기 전 안전교육 때마다 광업소 간부들이 채탄 목표량 달성을 외쳤다.

"하루 캐는 채탄량이 뻔한데 어떻게 늘리라고?"

"결국 우리 도시락 까먹는 시간을 줄이라는 거 아닌가."

광업소의 압박도 거세졌다. 광업소는 채탄량을 늘리기 위해 온갖 방법을 찾아냈다. 후산부들이 세우는 동바리 숫자를 더 늘리라며 압박했다. 하지만 막장의 상황은 그리 만만치 않았다. 광부들은 동바리를 등에 지고 평지를 걷는 게 아니었다. 깎아지를 듯한 갱도 경사를 따라 동바리를 지고 가는 건 결코 쉬운 일이 아니었다. 넘어지고 엎어지고 다치는 건 흔한 일이었다. 그런데 그 숫자를 늘리라니. 문제는 따로 있었다. 동바리를 세우고 보를 만드는 작업도 어려웠지만, 설치해 둔 동바리가 그대로 지탱하고 있는 게 아니었다. 마치 미세한 지진이라도 나는 것처럼 세워 둔 동바리가 비틀어지기 일쑤였다. 광부들은 수시로 보강작업을 해야만 했다. 섭씨 30도가 넘는 후텁지근한 지하 수백 미터 막장에서 일하는 광부들의 불만은 점점 더 커졌다. 광업소는 그런 것은 전혀 아랑곳하지 않았다. 그들이 원하는 것은 오로지 석탄이었다.

채탄하는 선산부들의 스트레스도 점점 커졌다. 채탄량을 늘리려면 결국 선산부들의 채탄 시간이 늘어나야 하지만, 그건 불가능에 가깝다. 막장에서는 수시로 발파작업을 해야 하고 그때마다 몸을 피해야 한다. 채탄량을 늘리라는 말은 결국 안전 수칙을 어기라는 말이나 마찬가지다. 그건 그러잖아도 사지에서 목숨 걸고 일하는 광부들을 벼랑에서 떠다미는 것과 다르지 않았다.

"월급 받아 가면 목표량을 채워야 할 거 아니야!"

광부들은 그렇지 않아도 저승길 가듯 위험천만한 세상으로 들어가는데, 광업소의 채탄 압박을 받으니 하루하루가 죽을 맛이었다.

"저놈들 지랄하는 통에 우리가 제명에 못 죽을 거 같아."

광업소는 그야말로 돈을 버는 데에만 혈안이 되어 있었다.

광부들은 숨 막히는 막장보다 광업소 무소불위인 사무실 직원들과 간부들의 잔소리와 갑질이 더 견디기 힘들었다. 사무실 직원들은 광부들을 존중하는 마음이 전혀 없었다. 그들은 사사건건 시비를 걸고 잔소리하며 무시하고 심지어 모욕 주는 일도 서슴지 않았다.

"법만 없다면 저놈들을 확 잡아서…."

광업소 사무실 직원들에 대한 광부들의 마음은 똑같았다. 법만 없으면 몰래 흠씬 두드려 패고 싶은 마음이 굴뚝 같았다.

어느 날이었다. 우연히 헌욱이 입에서 아빠의 쪽지 이야기가 나왔다. 헌욱이는 교실에서 장난치는 친구들을 담임선생님에게 이르는 것처럼 어른들도 자신들과 비슷하게 사는 것 같다며 별생각 없이 말을 꺼냈다.

"정말? 허, 그거 재미있네."

석호는 그냥 우스갯소리로 반응했다. 석호와 헌욱이는 어른들도 컴컴한 막장에서 나름대로 재미있게 살아가는 방식을 갖고 있다고 생각했다. 그들은 어쩌면 어른들도 그런 즐거움은 있어야 한다고 맞장구쳤다.

쪽지 이야기가 이튿날 아침 석호네 밥상에서 화제로 올랐다.

"아빠, 요즘 힘드시죠? 그래서 다 헌욱이네 아빠처럼 재미있게 사는 거죠?"

"녀석, 대체 뭔 말을 하려는 거냐?"

석호 아빠가 보리차를 한잔 들이켠 뒤 물었다.

"쪽지도 적어 두고 한다는데요."

"뭔 소리냐, 그게?"

이번에는 석호 엄마가 끼어들었다.

"자, 잠깐. 석호야, 자세히 이야기해 보거라."

석호 아빠가 갑자기 심각한 표정으로 말했다.

"별거 아니고요. 뭐 그런 게 있나 봐요."

석호는 대수롭지 않은 듯 헌욱이로부터 들은 이야기를 했다.

"석호야, 아빠한테 그런 이야기 했다고 말하면 안 된다, 알았지?"

"왜요?"

"하여간."

석호 아빠가 정색하며 말했다. 아빠의 표정을 본 석호는 어리둥절했다. 석호는 더 이상 입을 열지 않았지만, 아빠는 뭔가 깊이 생각에 빠지는 것 같았다.

이튿날 을조에서 사고가 났다. 갱도를 받치는 무거운 통나무 동바리가 무너지면서 후산부 광부가 그 밑에 깔린 것이다. 다행히 갱도가 심하게 붕괴되지는 않았지만, 광부는 뼈가 부러지는 중상을 입었다. 모두 가슴을 쓸어내렸다. 만일 막장에 거대한 붕괴가 일어났다면 엄청난 인명사고가 날 수도 있었다. 불행 중 다행이었다.

"목표량 채워야 하는데 다리나 부러지고 있으니…"

광업소 사무실 직원들이 한마디 했다. 그들은 광부들이 다치건 말건 관심이 없었다. 광부의 안위가 궁금한 게 아니라, 언제 깁스를 풀고 막장에 들어갈 수 있는지를 더 궁금해했다. 그들에게 광부들은 사람이 아니라, 석탄을 캐는 로봇이나 기계에 불과했다.

그렇다 보니 사고에 관한 이야기도 그냥 묻히는 듯했다. 하지만 광업소 사무실 직원의 사소한 말 한마디가 눈덩이처럼 부풀리면서 점점 모든 잘못이 광부에게 돌아갔다. 애초 동바리를 잘못 세웠다는 둥, 보강만 제대로 했으면 무너지지 않았을 거라는 둥 한마디로 광부가 제대로 일했다면 하나도 문제 될 게 없었다는 식으로 말이 고약하게 변해 갔다. 나중에는 일하기 싫어서 일부러 그랬다는 말까지 나왔다. 그런 이야기들로 마음에 상처를 입은 광부들 사이에서 붕괴사고 이야기는 엉뚱한 곳으로 불씨가 옮겨졌다.

"이번엔 임금이라도 인상해야 합니다."

"옳소."

"막장에서 탄 캐다가 언제 뒈질지 모르는데, 월급 15만 원이 말이 됩니까?"

"맞아."

"진폐증 걸려 뒈지면 누가 내 목숨 바꿔 준답니까?"

"맞아요, 맞아."

노조 사무실에 모인 광부들이 너도나도 한마디씩 던지며 화를 토해 내기 시작했다. 그들은 자신이 개나 돼지처럼 취급받고 있다고 분개했다. 언제 죽을지 모르는 막장에서 죽어라 일하면서 대접은커녕 모욕당하고 사고를 당해도 인간 대접을 못 받고 있다며 광업소를 성토했다.

"우리같이 못 배운 놈들에게 누가 그 돈 준답니까?"

"옳소!"

"이제 배부르니까 별짓 다 하는구먼."

하지만 광부들의 생각이 모두 같은 건 아니었다. 이상하게도 회사 측 입장을 대변하는 듯한 목소리도 점점 더 늘어났다.

"당신들 어디에서 왔어?"

"내가 어디서 왔는지 당신이 알아서 뭐 하게?"

붕괴사고 이후 눈에 띄게 광부들의 의견이 갈리기 시작했다. 광부 수천 명이 일하는 탄광의 분위기가 뒤숭숭해졌다. 그동안 소소한 건에 대해 광부들의 의견이 일치되지 않은 적이 있었지만, 점점 더 이상해졌다.

"이번 노조 지부장이 너무 이상해."

"어차피 그놈이 그놈 아닌가?"

"이번엔 달라. 이거 완전히 회사 편이라니까."

"대체 어디서 굴러먹다 온 놈이래?"

탄광의 분위기가 혼란스러워졌다. 노동자들의 권리를 찾고 대변하자는 노조에 새로 지부장이 바뀌고 그를 추종하는 세력이 하루가 다르게 늘어 갔다. 그것으로 끝나지 않았다.

"노조 지부장이 국토사랑회 소속이랍니다."

며칠 뒤 한 광부가 소식을 전했다. 노조 지부장의 정체가 드러난 것이다. 국토사랑회는 허울뿐인 이름이고 실제로는 주먹이나 휘두르는 불량배 패거리였다. 노조 지부장이 광업소가 끌어들인 어용노조 지부장이었던 셈이다. 이제 광부들의 권리를 대변할 노조는 무용지물이나 마찬가지였다. 이 소식을 전해 들은 광부들이 술렁거렸다. 광업소가 노조를 무력화시키기 위해 조직을 동원해서 노조 지부장을 앉혔다는 게 만천하에 드러난 셈이었다.

"석호야, 헌욱이네 집이 어디라고 했지?"

광업소 상황이 급박해지자 광부들은 증거들을 찾아 나섰다. 석호 아빠도 석호에게 들었던 이야기를 떠올리며 헌욱이네 집을 물었다.

석호 아빠는 피곤한 몸을 이끌고 저녁에 헌욱이네 집으로 갔다. 석호 아빠는 헌욱이네 판잣집을 확인하고는 몸을 숨겼다. 몇 시간쯤 지났을까 가죽점퍼를 입은 중년 남자가 문을 두드렸고 곧 헌욱이 아빠가 나왔다.

"이 정도면 됐죠? 이 짓 하기도 점점 힘드네요. 노조 사람들 두 눈 시뻘겋게 뜨고 있는 거 아시잖아요."

헌욱이 아빠가 남자에게 쪽지를 내밀며 말했다.

"대신 월급 꽉꽉 채워 주잖소."

낯선 남자가 헌욱이 아빠의 어깨를 토닥거렸다.

"저런 나쁜 놈."

나무 뒤에서 몰래 지켜보던 석호 아빠의 입에서 욕이 새어 나왔다. 석호 아빠는 아들에게 우연히 들은 이야기를 그냥 넘기지 않았다. 광부들은 막장에서 벌어지는 크고 작은 일이 광업소 측에 일일이 전해지는 걸 알고 의심하고 있었는데, 석호 아빠가 그 현장을 포착한 것이다.

광부들은 막장에 들어가기 전 안전교육을 받을 때마다 작업에 대한 지적을 받았는데, 그건 엄청난 스트레스였다. 광업소 간부들은 수백 미터 막장에서 돌아가는 내용을 손바닥

보듯 들여다보고 있었다. 광업소는 헌욱이 아빠와 같은 암행독찰조에게 정보를 입수해서 그것을 활용하고 있었다. 그런데 그 대가가 월급이었다니.

이튿날 노조 사무실에서 회의가 진행되고 있을 때였다. 노조원들의 불만은 극에 달해 있었다. 광부들은 삿대질해 가며 어용노조를 막아야 한다고 소리쳤다. 그때였다. 노조원 몇이 한 사람을 끌고 왔다.

"이놈이 암행독찰조예요."

"뭐라고?"

광부들이 눈을 동그랗게 뜨며 암행독찰조 광부를 바라보았다. 석호 아빠는 헌욱이 아빠인 줄 알았다. 잡혀 온 사람은 처음 보는 광부였다.

"이 죽일 놈! 그래, 뜯어먹을 게 없어서 막장 동료를 뜯어먹냐?"

광부들이 암행독찰조에게 손가락질하며 으르렁거렸다.

"전 그런 짓 하지 않았다니까요."

광부는 발뺌했다. 하지만 그도 헌욱이 아빠처럼 광업소 간부에게 이상한 쪽지를 전해 주는 현장이 발각되어 잡혀 온 것이었다.

수천 명이 사는 비좁은 사북읍에서 그 많은 눈을 피하기란 쉽지 않다. 지금처럼 노조와 광업소 측이 첨예하게 대립해 있을 때 암행독찰조는 더 많은 정보를 얻기 위해 평소보

검은 4월

다 더 대담하게 움직였다.

　노조원 광부들이 암행독찰조원을 윽박질렀다.

　"대체 무슨 정보를 팔아넘겼냐, 이 개새끼야?"

　"…."

　"좋아, 그렇다면 왜 그런 짓을 했는지는 말해!"

　"….."

　"얼른 말 못 해. 죽고 싶어 환장했냐!"

　한 노조원이 책상을 주먹으로 내리치며 캐물었다.

　"전 그저 사택촌에 들어갈 수 있다고 해서…."

　암행독찰조원의 말에 광부들은 기가 막혀 입을 닫지 못했다. 광업소는 암행독찰조원으로 소장의 지인들만 이용한 게 아니었다. 판잣집에 사는 가난한 광부들을 정보원으로 활용하고 있었다.

　"노조 지부장이 우리 임금 인상안을 깨고 20퍼센트로 처리해 버린 지 얼마나 되었다고."

　"옳소! 겨우 한 달밖에 안 되었잖아."

　광부들은 노조 지부장의 독선을 다시 떠올렸다. 노조 지부장은 광부들이 줄기차게 주장해 온 40퍼센트 임금 인상안을 휴지 조각으로 만들어 버렸다. 그때 광부들의 분노가 달아올랐는데, 동바리 붕괴사고에 대한 광업소 측의 대응에 이어, 공공연하게 운영해 온 암행독찰조의 실체까지 드러남으로써 광부들은 더욱 분노하지 않을 수 없었다. 노조의 분위기가 크게 술렁거렸다.

이튿날 아침, 노조 사무실 앞에 광부들이 삼삼오오 몰려들었다. 누가 시켜서 한 게 아니었다. 광부들이 자발적으로 모였다. 점심을 먹은 뒤 수십 명이던 광부 노조원들이 한두 시간이 지나면서 300명 이상으로 불어났다.

"집회 허가를 받아야 하는 거 아냐?"

몇몇 광부가 우려의 목소리를 냈다. 경찰로부터 집회 허가를 받지 않고 모이는 것은 위험한 일이었다. 당시 계엄령이 내려져 있던 때여서 일부 광부들은 걱정이 앞섰다. 이미 광업소 측으로부터 긴급 연락을 받은 경찰들이 광업소 사무실에서 노조원들이 모인 광업소 마당을 내려다보고 있었다. 그때 예기치 못한 일이 벌어졌다. 노조원 한 명이 노조 간부와 언쟁을 벌이자, 누군가 카메라를 들이대며 사진을 찍었다.

"저건 또 뭐야?"

광부들이 사진을 찍고 있는 사람들을 향해 소리쳤다. 성난 광부들이 카메라를 들고 있는 사람들을 향해 달려갔다. 광부들이 달려들자 낯선 사람들은 유리창을 깨고 밖으로 도망을 갔다. 광부 몇 명이 그들을 뒤쫓아 나갔다.

"저놈들 잡아라!"

낯선 사람들이 광업소 마당에 세워져 있던 검은색 지프차에 올라탔다. 경찰차였다. 광부들이 지프차를 막아섰다. 하지만 경찰은 시동을 걸고 곧바로 액셀러레이터 페달을 밟았다.

"아! 악!"

광부 한 명이 차에 치였다. 육중한 지프차는 광부를 밟고 지나가 버렸다. 차에 치인 광부가 피를 흘리며 비명을 질렀다. 그의 엉덩이와 배에서 피가 쏟아져서 옷이 벌겋게 물들었다. 광부들은 부상당한 동료를 끌어안고 어쩔 줄 몰라 했다. 그사이 경찰 지프차는 산 아래로 사라져 버렸다.

경찰차가 사람을 치고 달아났다는 소식은 삽시간에 퍼졌다. 분노한 광부들이 노조 사무실 앞에 몰려들었고 주민들도 달려 나왔다. 사태는 순식간에 험악해졌다. 사북읍 전체가 분노로 일렁였다. 주민들이 몰려와서 노조 사무실 유리창을 깨고 사무실 기물을 파손했다. 그날 밤 광부와 주민들은 광업소 사무실을 비롯해 광업소 간부와 노조 간부의 사택까지 파괴했다. 광부들의 흥분은 그걸로 끝나지 않았다. 사북 지서까지 가서 유리창을 깨며 난입했다. 사북은 한순간에 치안 공백 상태가 되었다.

"아니, 왜 이렇게 난리예요?"

석호 엄마가 앞치마로 손을 닦으면서 물었다.

"경찰이 광부를 차로 밟고 도망가 버렸어."

"그분 괜찮대요?"

"아주 심하게 다친 거 같아."

"어쩌죠? 그래서 광부들이 들고일어난 거로군요."

"그래. 사태가 심각해졌어."

석호 아빠는 심각한 표정을 지었다.

"아빠, 학교에서 돌아오다가 광부 아저씨들이 웬 아줌마를 잡았다고 얘기하는 걸 들었어요."

석호가 끼어들며 말했다.

"뭐라고? 이런! 기어이 그 짓을 했나 보네."

"그 짓이라니요? 그 아줌마가 누군데요?"

석호 엄마가 다그쳐 물었다.

"노조 지부장 부인일 거야."

"왜 지부장 부인까지?"

석호 엄마는 이해하지 못하겠다는 듯 고개를 갸웃거렸다.

"당장 노조 지부장이 있어야 하는데, 그자가 도망가 버린 거 같아. 그래서 부인을 잡은 거 같네."

"아빠, 그러면 광부들도 죄를 짓는 거 아녜요?"

석호가 끼어들며 물었다. 석호도 그 정도의 사리 분별은 하고 있었다.

"그러게나 말이다. 쯧쯧."

"설마 그 아줌마를 해친 건 아니겠죠, 아빠?"

석호의 질문에는 송곳이 들어 있었다. 아빠는 석호의 질문을 듣고 아차, 하는 생각이 들었다. 만일 노조 지부장 부인에게 폭행을 가하는 일이 생긴다면 사태는 걷잡을 수 없을지 모를 일이었다. 석호 아빠의 얼굴에 왠지 모를 불안감이 몰려왔다.

노조원들은 노조 지부장이 나타나야 광업소와 경찰을 상대로 사태 해결을 할 수 있다고 생각했다. 하지만 지부장은 한마디 말도 없이 연기처럼 사라졌다. 더욱 흥분한 노조원들이 지부장 부인을 붙잡아 광업소 앞마당 전봇대에 묶어 놓았다. 광부들은 부인에게 지부장의 행방을 물었지만 대답이 없자 린치를 가하기도 했다. 부인은 구타당해 손가락이 부러지고 몸 여기저기에 멍이 들었다.

사태는 돌이킬 수 없는 상태가 되었다. 이튿날이 되자 광부들은 더욱 흥분했고 분노했다. 곧 경찰이 들이닥칠 것이라는 소문이 돌면서 광부 수천 명이 광업소 앞에 집결했고 가족들까지 모여들었다. 안경다리 지나 광업소로 이어지는 길에는 광부들과 주민이 뒤섞여 있었다.

"우리가 개, 돼집니까? 우리도 인간답게 살아 봅시다!"

"여기서 저들에게 무릎 꿇으면 우린 끝장입니다!"

"옳소! 이래 죽나 저래 죽나 매한가집니다. 싸웁시다!"

시간이 지날수록 확인되지 않은 소문들은 눈덩이처럼 부풀려졌다. 광부와 가족들의 분노는 점점 더 끓어올랐다.

주민들은 가마솥을 걸어 놓고 밥과 국수를 삶아 내고 다방에서는 커피를 끓여 광부들에게 나눠 주었다. 광부와 주민들은 똘똘 뭉쳤다. 사북에서 지금껏 이런 일체감은 처음이었다. 모두 죽어도 함께 죽고 살아도 함께 살자는 생각으로 무장하고 있었다.

석호는 광업소 건너편 산자락에서 이 사태를 내려다보았다. 헌욱이는 오지 않았다. 함께 산에 올라가서 구경하자고 했는데, 헌욱이 아빠가 외출을 금지했다는 말을 전해 듣고는 혼자 언덕에 올라갔다.

수백 명의 경찰이 버스를 타고 안경다리 앞에 도착했다. 광업소와 읍내를 사이에 두고 있는 안경다리 양쪽에는 전운이 감돌았다. 광업소 쪽에는 수천 명의 광부와 주민들이 일전을 불사하며 분주하게 움직였다. 안경다리 아래쪽에서는 중무장한 경찰들이 상부의 지시를 기다리며 대기 중이었다. 광업소로 올라가는 안경다리 통로는 광부들이 이미 봉쇄해버린 상태였다. 일촉즉발이었다.

"펑! 펑!"

경찰이 안경다리 위로 최루탄을 발사하기 시작했다. 매캐한 연기가 철로 위를 뒤덮었다. 광부들은 수건으로 입을 막은 채 한 손으로는 경찰을 향해 돌을 던졌다. 안경다리 위 철로는 천연의 요새였다. 무엇보다 높은 철길이 광업소로 가는 길을 완전히 가로막고 있는 데다가 철로 위에는 자갈이 지천이었다. 자갈은 셀 수 없이 경찰을 향해 날아갔다. 경찰이 쏜 최루탄도 쓸모없었다. 산에서 내려오는 바람 때문에 경찰이 최루탄을 뒤집어쓸 판이었다. 공격하는 경찰이 되레 속수무책이었다. 기어이 경찰 한 명이 광부가 던진 돌에 맞아 쓰러지고 말았다. 경찰은 피를 흘리며 의식을 찾지 못했다.

경찰과 광부들의 충돌로 결국 수많은 사람이 다쳤다. 심지어 경찰 한 명은 광부가 던진 돌에 맞아 죽었다. 양쪽에서 수십 명의 부상자가 속출했다. 경찰은 사북을 접수하지 못한 채 철수해야만 했다.

"협상합시다."

의외였다. 이튿날 광업소와 정부 측에서 광부들에게 협상을 제의했다. 분위기가 갑자기 반전되었다. 4월 22일부터 24일까지 노사정 협상이 열렸다. 광부와 주민들은 크게 반겼다. 협상은 몇 차례 난항을 겪기도 했지만, 양쪽은 최종 합의를 이루었다. 광업소와 정부 측은 광부들의 어용노조 지부장 사퇴를 받아들였고 피해 복구는 물론, 임금 인상도 광부들의 조건을 수용했다. 경찰은 사태 수습에 절대로 실력 행사를 하지 않기로 약속했다. 광부 노조원들은 자신들의 요구조건이 100퍼센트 받아들여진 건 아니었지만 대체로 만족하는 분위기였다.

"이제 끝났어. 우리가 이겼어."

광부들은 승리감에 빠져 있었다. 그 승리는 어떤 것보다 값졌다. 모두 찢어지게 가난하게 살다가 탄광 마을에 와서 진폐증과 붕괴 위험을 각오하며 살아왔는데, 처음으로 자신들의 존재를 느끼게 되었다. 경찰과 물리적으로 싸워 자신들의 요구조건을 쟁취했다는 사실은 광부들에게 대단한 일이었다. 석탄이나 캐는 광부들이 국가의 공권력을 보기 좋게

꺾은 것이다.

광부들과 주민들은 광업소와 마당, 안경다리 주변과 읍내까지 대청소를 했다. 일상으로 돌아가기 위한 절차였고 평화롭게 진행되었다.

이튿날 아침 강원도경에서 경찰차가 읍내로 들어왔다. 경찰을 태운 버스도 여러 대 들어왔다. 주민들은 처음에 대수롭지 않다고 생각했다. 노사정 합의가 완전히 끝난 뒤였기 때문에 누구도 그들을 이상하게 보지 않았다.

"큰일 났어요. 광부 대표가 경찰에 끌려갔어요."

"뭐라고? 말도 안 되는 소릴 하고 있네. 이미 노사정 합의가 다 끝났잖아."

광부들은 그걸 순순히 믿지 않았다. 몇 차례 진통 끝에 노사정이 최종 합의문까지 작성하고 서명한 뒤였기 때문이다.

정복 경찰과 사복형사들이 광업소에 들이닥쳤다. 그들은 마구잡이로 광부들을 연행했다. 경찰은 사택촌은 물론, 판잣집과 움막집까지 이 잡듯이 샅샅이 뒤졌다. 광부들을 절대 처벌하지 않겠다는 도경 국장의 약속은 하루 만에 휴지 조각이 된 것이다. 경찰은 주모자를 색출하고 체포에 나섰다.

"경찰서에 수사반까지 설치되었대."

그건 날벼락 같은 일이었다. 노사정이 모여서 합의해서 서명했는데, 그 잉크가 채 마르기도 전에 정부가 뒤엎은 것이다. 경찰이 어찌나 재빠르게 관련자들을 체포했는지, 광부들은 속수무책으로 당했다.

"광부 새끼들이 경찰을 죽이고 감히 정부에 대들어? 죽으려고 환장했구먼."

"노조 하는 놈들은 다 빨갱이라니까."

당시 쿠데타로 권력을 잡은 계엄사가 이 사건을 보고받은 다음 벌어진 일이었다. 계엄사 군인들은 그러잖아도 자신들에게 도전하는 세력들에게 본때를 보여 주려고 벼르고 있었는데, 사북 사건이 눈에 들어온 것이다. 탄광의 광부들이라면 지식인들과 달리 부담스러운 것도 없었고, 강원도 산골오지이다 보니 언론 통제도 얼마든지 할 수 있었다. 계엄사에서 정선경찰서로 엄명이 떨어졌다. 국가에 대항하는 자들의 최후가 어떤지를 보여 주도록 말이다.

"노사정 합의가 다 끝났습니다만…."

"그놈들을 가만둘 순 없지. 노조 지부장 부인도 폭행했다며? 그놈들 모조리 잡아들여!"

도경 간부의 이야기를 들은 계엄사 군인은 쌍욕을 하며 명령했다. 노사정 합의고 뭐고 다 필요 없다는 얘기였다. 국가 공권력에 도전하는 세력은 빨갱이나 다름없으니 잡아서 족치라는 말이었다. 계엄사는 비상계엄령을 근거하여 사북 사건 합동수사단을 꾸렸다. 합동수사단은 군 보안부대, 검찰, 경찰, 중앙정보부 등 여러 권력기관에서 모두 동원되었다. 그들은 주모자는 물론, 조금이라도 관련 있는 주민들까지 무자비하게 체포했다.

합동수사단은 수습대책위원회의를 만든다고 꾸며 광부 대표와 노조 간부를 불러 모은 뒤 체포했다. 광부들은 감쪽같이 속았다. 합동수사단은 광부 대표와 간부들 연행에 그치지 않았다. 광업소에서 파악한 광부 정보를 활용해서 대대적인 검거 작전에 나섰다. 그것은 대부분 광업소 암행독찰조로부터 수집한 정보였다. 사북읍은 삽시간에 공포에 휩싸였다. 그렇게 연행된 광부가 무려 110명이나 되었다.

"이게 무슨 짓입니까?"

합동수사단은 석호네 판잣집에도 들이닥쳤다. 한밤중 대문을 군홧발로 걷어차면서 들어와 석호 아빠를 끌고 갔다. 연행 이유 따위는 알려 주지 않았다. 석호 아빠가 이유를 따져 물었으나 돌아온 건 몽둥이질이었다. 석호가 아빠를 잡고 놓아 주지 않자 합동수사단 군인들은 주먹을 휘두르며 떼어 놓았다.

"어딜 감히 쪼끄만 놈이."

석호와 엄마가 울면서 애원했지만 소용없었다. 석호 아빠는 군인들에게 끌려가고 말았다. 평생 법 없이도 살았던 석호 아빠가 아무런 영문도 모른 채 합동수사단 군인들에게 연행된 것이다.

사북은 매일 공포였다. 수많은 광부가 경찰서로 연행되어 갔으며 죄 없는 주민들까지 마구 체포되어서 갔고 그 가운데는 여성들도 포함되어 있었다. 사북은 하루아침에 암흑으로 변했다.

"그까짓 놈들, 죽여도 좋아!"

정선경찰서 조사실로 끌려간 광부들은 폭력행위를 자백하라며 상상도 못 할 폭력을 당해야 했다. 조사실에 들어가자마자 조사관들의 발길질이 시작되었다. 조사관들은 각목으로 온몸을 닥치는 대로 팼다. 뼈가 으스러지는 소리가 들렸고 방마다 광부들의 비명이 터져 나왔다.

합동수사단 조사관 중에는 군인으로 보이는 사람들도 있었다. 그들은 권총까지 뽑아 광부들의 머리에 들이댔다.

"머리에 총알구멍 내 줄까? 어서 주모자를 대라고!"

광부들의 입에서 원하는 대답이 나오지 않자 그들은 더 심하게 고문을 했다. 볼펜을 손가락에 번갈아 끼워 비틀었다. 무릎 뒤에 각목을 끼우고 앉혀 군홧발로 허벅지를 짓밟았다.

"대체 우리가 무슨 죽을죄를 지었다고 이러십니까?"

경찰서 제일 작은 조사실에서는 석호 아빠가 고문받고 있었다. 석호 아빠는 기어가는 목소리로 애원했다.

"허, 이 자식 봐라? 이게 죽고 싶어서 환장했나."

조사관 몇이 석호 아빠를 각목에 묶어 책상 사이에 매달았다. 그사이 다른 조사관이 주전자를 들었다. 거꾸로 매달린 석호 아빠의 콧구멍에 물을 부었다. 그것은 고춧가루를

탄 물이었다.

"그르륵 그르륵."

고춧가루 탄 물이 석호 아빠의 콧구멍으로 들어갔다. 석호 아빠가 숨이 비틀어지면서 몸부림을 쳤다. 하지만 조사관들은 멈추지 않았다. 석호 아빠가 완전히 기절해서 몸이 늘어질 때까지 물을 부었다.

여러 날 조사를 마친 뒤 주모자가 아닌 광부들과 주민들은 풀려났다. 광부들은 경찰서에서 나온 뒤 아무런 말을 하지 않았다. 석호 아빠도 마찬가지였다. 몸은 완전히 짓밟혀버렸고 마음은 병들어 있었다. 모두 악몽을 꾸고 깨어난 사람들처럼 눈에 초점이 없었다.

"나쁜 놈 같으니…."

석호 아빠는 말을 잇지 못했다. 석호의 말을 듣고 헌욱이네 판잣집에 가서 동향을 살폈을 때 석호 아빠는 되레 암행독찰조의 눈에 띄었다. 자신들에 대한 정보가 새어 나가는 걸 우려한 암행독찰조원들이 광업소에 석호 아빠를 일러바쳤고 그 정보가 고스란히 합동수사단에 흘러 들어간 것이다. 고문과 수사를 받았지만, 석호 아빠는 주모자가 아니어서 풀려날 수 있었다. 하지만 그 후유증은 상상 이상으로 크고 심각했다. 얼마나 심하게 두들겨 맞았는지 제대로 걷지도 못했다.

"여보, 당신이 왜 끌려가서 고문까지 당한 거예요?"

석호 엄마가 남편에게 물었다.

"조사관이 거기에 간 걸 다 알고 있더군."

"거기라니요?"

"헌욱이네 집."

'헌욱이네 집'이라는 아빠의 말에 석호의 귀가 솔깃했다.

"헌욱이 아빠가 암행독찰조인 거 같아서 판잣집에 가 본 건데, 그 집을 기웃거리는 걸 누가 본 모양이야."

"그럼 그런 이야기가 회사에 다 보고되었단 거예요?"

"맞아. 그걸 조사관이 다 파악하고 있었으니까."

석호 엄마가 혀를 내두르며 물었다.

"그럼 헌욱이 아빠는 대체 뭐 때문에 그 짓을 한 거예요?"

"아무래도 회사가 사택촌 입주를 약속한 거 같아."

"뭐라고요? 그깟 사택촌에 들어가려고 동료들을 배신해요!"

석호 엄마가 화를 삭이지 못하고 목소리를 높였다.

헌욱이네 이야기가 나오자 석호는 엄마, 아빠의 대화를 더 이상 들을 수가 없었다. 석호는 안방에서 나와 자기 방으로 들어갔다. 좁은 방에 누워 헌욱이를 떠올렸다. 안경다리를 사이에 두고 광부들과 경찰이 대치했을 때 헌욱이는 오지 않았다. 수많은 광부가 경찰서에 끌려가 몽둥이로 맞고 고문을 당했는데, 헌욱이네는 아무런 피해를 당하지 않았다. 헌욱이 아빠는 합동수사단 조사 대상에서 빠져 있었다. 석호의 머리가 복잡해졌다.

얼마 뒤 사북이 정상화되기 시작했다. 광업소는 채탄작업 재개를 알렸다. 하지만 광부들의 상처는 아물지 않았다. 끔찍한 고문의 흔적이 남아 있었고 그 통증도 가시지 않았다. 경찰서에 끌려가 곤욕을 치른 광부들은 여전히 육체적, 정신적 고통을 겪고 있었다. 광부들과 주민들의 가장 큰 고통은 따로 있었다. 불신이었다. 사북에는 이미 서로를 믿지 못하는 불신으로 가득 차 있었다. 경찰서에 끌려간 광부들은 주모자의 이름을 대라며 모진 고문을 당했다. 거꾸로 매달린 채 고춧가루 물을 들이켜면서, 뼈가 으스러지게 각목으로 얻어맞으면서 버텨 낼 사람은 없었다. 그들은 아무 죄 없는 동료들과 이웃의 이름을 불어야 했다. 그렇게 죄를 뒤집어쓴 선량한 사람들이 경찰서에 끌려가 똑같은 방법으로 얻어맞고 고문을 당했다.

검찰은 최종적으로 31명을 기소하고 50명을 불기소처분했다. 광부들의 죄목은 계엄포고령 위반, 소요죄 등이었다.

얼마 뒤 석호는 헌욱이를 안경다리 앞에서 우연히 만났다. 헌욱이는 석호를 보자 깜짝 놀라는 눈치였다.

"잘 지냈어?"

"어? 석호야. 아빠는 좀 괜찮으셔?"

헌욱이가 조심스럽게 물었다. 헌욱이는 웬일인지 고개를 들지 못했다. 둘은 별다른 이야기를 하지 않았다. 그냥 잠시 꿀 먹은 벙어리처럼 먼 산을 바라보았다. 그러고는 아무런 인사도 없이 헤어졌다.

일주일쯤 뒤 헌욱이네는 고향인 충청도로 야반도주하듯 떠나 버렸다.

사북은 다시 예전 모습으로 돌아갔다. 읍내 술집에서는 일을 마치고 나온 광부들이 술을 마시고 돼지고기를 구워 먹었다. 술에 취한 광부들은 젓가락을 두드리며 노래에 취했고 비틀거리며 길거리를 배회했다. 광부들의 얼굴에는 시커먼 탄가루가 깊이 스며들어 있었다.

"저것 봐. 광부들이 언제 그랬냐는 듯 다시 흥청거리고 있잖니."

산책 나온 석호 아빠가 손가락으로 가리키며 말했다.

"모두 까마득히 잊어버린 거 같네요, 아빠. 경찰서에 끌려가면서 어떤 생각이 들었어요?"

"참 기가 막혔지."

석호 아빠는 잠시 말을 잇지 못했다.

"아빠, 저들은 사람들을 왜 그렇게까지 때리고 고문했을까요?"

아빠가 안경다리 너머 광업소 쪽을 가리키며 말했다.

"저기가 바로 막장이 있는 곳이잖니. 더 이상 희망 없는 사람들이 모이는 곳이야. 저곳에서도 회사는 매일 광부들을 괴롭힌단다."

"왜요? 죽어라 일해 주는 사람들인데."

"이유는 없어. 그저 약자이기 때문이야."

"약자라면 도와주어야 하는 거 아닌가요?"

"그건 교과서에서 하는 말이지. 세상은 그렇게 돌아가지 않아."

며칠 뒤였다.

'특전사 군인들이 광주지역에 들어가 진압을 시작하고 … 저항하는 시민들을 닥치는 대로 때리고…. 피를 흘리며 쓰러져 가는 시민들….'

텔레비전에서 광주 소식이 뉴스로 나왔다. 무장한 군인들이 광주에 투입되었고 시민들이 군인들한테 끌려가고 있다는 내용이었다.

판자촌을 올라가며 석호가 사북 읍내를 내려다보았다. 읍내를 감싸고 있는 주변 산은 여전히 시커멓게 물들어 있었다. 수많은 사람이 읍내 도로를 지나고 있었다. 기차도 시간에 맞춰 사북역을 지나고 있었다. 그 뒤 광업소에는 거대한 권양로(捲楊櫓)가 읍내를 내려다보며 거인처럼 서 있었다.

여름이 다가오고 있었다. 사북은 여전히 시커먼 돌무더기에 눌린 채 숨을 쉬고 있었다.

　사북항쟁은 5·18 광주 민주화운동 직전인 1980년 4월 21
일부터 나흘 동안 강원도 정선군 사북지역 탄광 노동자들이
총파업을 벌인 일을 가리킵니다. 사북항쟁 이전으로 더 거슬
러 올라가 보면 1970년대 전 세계 경제를 강타한 석유 파동
이 자리하고 있습니다.

　석유 파동의 위기를 타개하기 위해 박정희 정권이 눈을
돌린 것은 석탄이었습니다. 우리나라의 석탄 매장량은 다른
자원에 비해 풍부했고 무엇보다 당시 열악한 경제환경 속에
서 일자리를 찾는 노동자들이 전국에 넘쳐 났습니다. 석탄을
캐는 노동의 강도는 상상을 초월할 만큼 셌지만, 탄광을 찾
아오는 노동자들은 줄을 이었습니다. 탄광은 당장 끼니를 걱
정하는 서민들에게 하나의 희망이자, 돌파구였습니다. 하지
만 노동자들은 인간으로서는 견디기 어려운 최악의 환경에

서 채탄작업을 했습니다. 탄광지역에서 가스폭발이나 붕괴 사고로 죽는 광부들이 속출했지만, 관심은 그때뿐이었습니다. 그들은 지하 수백 미터 아래 폐쇄된 공간에서 더위와 탄가루, 폭발의 위험을 안고 두더지처럼 일해야 했습니다. 광부들은 그저 소모품 기계였고 로봇이나 마찬가지였습니다.

가족들의 삶도 열악한 건 마찬가지였습니다. 광부들이 사북으로 몰려들었지만, 그들이 살 만한 집은 턱없이 모자랐습니다. 사택에 들어가지 못한 광부 가족들이 판잣집, 심지어 움막집에서 생활하는 일도 많았습니다. 사북 주민들은 늘 식수 부족에 시달려야 했고 중금속 오염수를 마셔야 했지만, 정부나 광업소는 오로지 채탄량을 늘리는 데만 혈안이 되었습니다. 사람으로서 누려야 할 기본권은 처참하게 짓밟힌 채로.

권력은 그 힘을 확인해 보고 싶은 속성이 있습니다. 국가의 권력, 공권력은 존재 자체만으로도 절대적 힘을 상징합니다. 그런데 권력을 쥔 자들은 거기에 머물지 않습니다. 반드시 증명해 보입니다. 사북 탄광 노조원들이 노조 지부장 부정선거 무효화와 임금인상을 요구하는 시위를 했을 때 그 지역 관할 경찰서나 군청 등에서는 노사가 합의하도록 노력을 기울였고 실제 나흘 만에 합의는 성사되었습니다. 다소간의 피해가 있었지만, 서로 양보하며 갈등을 끝냈습니다. 민주주의의 좋은 선례를 보여 준 셈입니다.

신군부의 판단은 달랐습니다. 그들은 사북 사건을 통해

자신들의 힘을 보여 주고 싶어 했습니다. 작정하고 달려드는 권력에 막장 광부들은 속수무책이었습니다. 그들은 경찰서에 끌려가서 매 맞고 무참하게 고문을 당했습니다. 여성들에게는 성적으로 모욕도 주었습니다. 그들이 그렇게 당한 이유는 따로 없습니다. 신군부가 권력을 틀어쥐었을 때 그들은 그저 사북 탄광에 있었고 다소의 소란을 일으켰고, 그게 신군부의 눈에 들어왔을 뿐입니다.

2005년 정부는 당시 항쟁 지도부의 명예 회복 신청을 받아들이고 민주화운동 관련 인정자로 확정했습니다. 2008년 진실·화해를위한과거사정리위원회는 당시 불법 연행 또는 구금된 관련자와 가족들에 대한 인권 침해와 가혹행위와 관련하여 국가가 사과하도록 권고했습니다. 2015년 사북항쟁 지도부는 법원에 재심을 청구, 무죄를 선고받았습니다. 사북항쟁 35년 만에 무죄를 입증받았지만, 처참하게 무너진 광부들의 삶이 회복되기에는 너무 늦은 시간이 되어 버렸습니다.